LA GRENOUILLE ET LA BALEINE

De la même auteure chez Québec Amérique

Jeunesse

Le Jeune Magicien, coll. Contes pour tous, 1984.
C'est pas parce qu'on est petit qu'on peut pas être grand,
  coll. Contes pour tous, 1987.
La Grenouille et la Baleine, coll. Contes pour tous, 1988.
Fierro... l'été des secrets, coll. Contes pour tous, 1989.
Bye Bye Chaperon rouge, coll. Contes pour tous, 1989.
La Championne, coll. Contes pour tous, 1991.
Danger pleine lune, coll. Contes pour tous, 1993.

Traductions et adaptations

Opération Beurre de pinottes, coll. Contes pour tous, 1985.
Les Aventuriers du timbre perdu, coll. Contes pour tous, 1988.
Vincent et moi, coll. Contes pour tous, 1990.

LA GRENOUILLE ET LA BALEINE

VIVIANE JULIEN

ROMAN

QUÉBEC AMÉRIQUE jeunesse

Données de catalogage avant publication (Canada)

Julien, Viviane
La Grenouille et la Baleine
(Collection Jeunesse / Romans)
ISBN 2-89037-392-4
I. Titre. II. Collection
PS8569.U48G73 1988   jC843'.54   C88-096303-4
PS9569.U48G73 1988
PZ26.3.J84Gr 1988

Nous reconnaissons l'aide financière du gouvernement du Canada par l'entremise du Programme d'aide au développement de l'industrie de l'édition (PADIÉ) pour nos activités d'édition.

Gouvernement du Québec – Programme de crédit d'impôt pour l'édition de livres – Gestion SODEC.

Les Éditions Québec Amérique bénéficient du programme de subvention globale du Conseil des Arts du Canada. Elles tiennent également à remercier la SODEC pour son appui financier.

Ventes internationales : Éditions La Fête
387, rue St-Paul Ouest
Montréal (Québec) Canada H2Y 2A7
Téléphone : (514) 848-0417, télécopieur : (514) 848-0064
www.lafete.com

Québec Amérique
329, rue de la Commune Ouest, 3ᵉ étage
Montréal (Québec) H2Y 2E1
Téléphone : (514) 499-3000, télécopieur : (514) 499-3010

Dépôt légal : 2ᵉ trimestre 1988
Bibliothèque nationale du Québec
Bibliothèque nationale du Canada

Réimpression : avril 2004

Dans la même collection

Contes pour tous

Sélection « Club la Fête »
   LE MARTIEN DE NOËL, Roch Carrier

Dédié aux enfants de l'ère du
verseau... et à leurs parents
Rock Demers

Prologue

Chaque année, au printemps, des troupeaux de baleines à bosse quittent les eaux chaudes des Caraïbes où elles ont passé l'hiver. Elles remontent l'océan Atlantique vers le Nord et bon nombre d'entre elles décident de passer l'été dans le golfe du Saint-Laurent. Depuis des siècles, des centaines de baleines à bosse choisissent de s'installer au large des îles Mingan où leurs cabrioles font la joie des vacanciers et des habitants de la Côte-Nord.

Elles ne viennent pas seules. Des milliers de dauphins se joignent à elles. Mais ce ne sont pas toutes les espèces de dauphins qui aiment se baigner dans les eaux froides du golfe du Saint-Laurent... Il y en a deux surtout: les dauphins à bec blanc et les dauphins à flancs blancs. Les autres préfèrent rester dans les mers chaudes du Sud, comme les dauphins souffleurs par exemple, qui sont les frères et cousins de «Flipper».

C'est dans le golfe du Mexique, il y a onze ans, que naquit, par un beau matin d'avril, un magnifique petit dauphin souffleur.

Dès sa naissance, il montra une énergie peu commune. À peine âgé de quelques heures, il nageait déjà avec vigueur et se comportait comme si quelque chose l'attirait ailleurs. Sa mère avait bien du mal à le garder près d'elle.

Au même moment, dans un petit village de pêcheurs de la Côte-Nord, une petite fille voyait le jour. Le tout premier son qu'elle perçut fut le bruit des vagues qui venaient s'écraser sur le rocher où était perchée sa maison. La première odeur qui fit plisser son nez minuscule fut celle de l'air salin qui venait du large. L'impression avait été si forte que Daphnée s'était crue elle-même un petit poisson! D'ailleurs, elle n'allait pas tarder à sentir l'eau salée sur son corps.

12

En effet, elle avait quelques mois à peine lorsque sa mère, Lorraine, l'amena pour la première fois dans la petite anse, cachée au milieu des rochers et bien réchauffée par les ardents rayons de soleil. Daphnée s'y sentit tout de suite à l'aise, comme si c'était son élément naturel. Sa petite tête rousse et ses joues roses, piquées de taches de rousseur, contrastaient joliment avec le bleu des vagues. Elle adorait le contact de l'eau. Pas étonnant qu'elle ait appris à nager avant d'apprendre à marcher!

Daphnée grandissait, heureuse, dans l'auberge que tenaient ses parents. Elle avait deux ans lorsque naquit son frère Alexandre. Elle ne se doutait pas encore qu'il allait devenir le parfait compagnon et le complice idéal de toutes les espiègleries.

*   *   *

Chaque matin, Daphnée descendait sur le rivage. Un jour, tandis qu'elle avait quatre ans environ, le soleil levant rougeoyait à l'horizon et ses rayons donnaient à son opulente chevelure rousse un éclat encore plus radieux. Pieds nus, elle marchait dans le sable en laissant derrière elle des traces que les vagues venaient aussitôt effacer. Elle se baissait parfois pour ramasser un coquillage, entrait dans l'eau jusqu'à mi-cuisse et riait quand elle se faisait éclabousser. Soudain, elle s'arrêta, regarda vers le large avec attention. Elle scruta la mer en silence. Ses baleines étaient-elles arrivées? Elle pencha la tête jusqu'à ce que son oreille touche l'eau. Elle resta là un long moment, attentive, osant à peine respirer. Elle était perplexe. Daphnée entendit quelque chose qui semblait la fasciner, l'émerveiller. Elle se releva comme à regret, observa la mer encore un long moment puis, songeuse, elle revint lentement vers la maison. Ce jour-là, Daphnée descendit à la mer beaucoup plus souvent que d'habitude. Même les cris joyeux de bébé Alexandre n'arrivaient pas à la retenir. Elle était retournée nager deux fois, cinq fois, dix fois.

Après le repas du soir, Daphnée s'éclipsa de nouveau de la maison, traversa silencieusement le grand jardin fleuri et descendit sur le quai qui s'avançait dans l'anse où était accosté son petit zodiac rouge. Elle s'installa au bout du quai, ses pieds touchant à peine l'eau. Immobile, elle observait la mer avec ses morceaux d'écume qui se faisaient et se défaisaient au gré du vent. Quelques bateaux de pêcheurs rentraient. Daphnée se demanda si grand-papa Thomas serait sur l'un d'eux. Elle haussa les épaules:

– Ouais, il rentre pas souvent, grand-papa Thomas!

Soudain, Daphnée se figea net. Un léger remous dans l'anse, un mouvement à peine perceptible, un son discret. Elle s'approcha du bord encore un peu et doucement, elle se mit à balancer ses pieds dans l'eau. Tout à coup, à un mètre à peine, une tête sortit de l'eau. Un jeune dauphin se tenait à la verticale devant Daphnée et l'examinait avec attention. Daphnée demeura aussi immobile qu'une pierre. Lentement, son visage s'éclaira d'un large sourire.

– Bonjour, dit-elle à mi-voix. C'est donc toi qui tournes autour depuis ce matin?

Mais déjà le dauphin avait plongé et disparu dans l'eau profonde.

– Eh, reviens, cria Daphnée, n'aie pas peur, reviens!

Daphnée se retourna brusquement en entendant les pas de quelqu'un qui s'avançait derrière elle.

– Ah, c'est toi! Tu lui as fait peur...

Anne, une biologiste qui travaillait au centre de recherche pendant l'été, s'approcha de Daphnée.

– J'ai fait peur à qui?

– Mais au dauphin souffleur, voyons!

– Au dauphin souffleur? répéta Anne en levant les sourcils... Ils ne viennent jamais jusqu'ici, Daphnée. Tu sais bien, je t'ai expliqué qu'ils vivent dans les mers chaudes.

La petite fille ouvrit la bouche, regarda Anne interloquée, puis renonça à la contredire. Comme si elle, Daphnée, ne savait pas reconnaître de quelle espèce était ce petit dauphin! Elle l'avait admiré si souvent dans les grands livres d'Anne... Comment pouvait-elle se tromper?...

La biologiste tendit la main à Daphnée.

– Viens, ta mère dit qu'il faut rentrer.

Mais Daphnée n'était pas d'humeur à suivre le pas mesuré d'Anne. Elle s'esquiva et remonta la colline en courant.

Inutile de dire que le lendemain, le jour était à peine levé que Daphnée était déjà sur le quai. Et «son» dauphin revint, puis le jour suivant et le jour d'après. Anne dut bien se rendre à l'évidence. Il y avait bel et bien un dauphin souffleur dans les eaux du golfe. Lentement, la petite fille l'apprivoisa:

– C'est quoi, ton nom? demanda Daphnée en lui tendant un poisson.

– Hour, Har, chantonna le dauphin de sa voix aiguë.

– Ah! Elvar, dit Daphnée en riant, tu t'appelles Elvar!

L'arrivée d'Elvar causa tout un émoi au village, surtout au centre de recherche. Personne ne comprit par quel étrange phénomène ce jeune dauphin, seul de son espèce, était parvenu jusqu'à l'anse où il semblait avoir élu domicile. On supposa qu'il avait suivi un troupeau de baleines et que, perdu en mer, il n'avait pu retrouver seul le chemin de son golfe natal.

Cet été-là, Daphnée et Elvar devinrent inséparables. La petite fille lui apportait des poissons et, en retour, Elvar lui présentait son gros nez mouillé pour qu'elle y dépose un baiser. Daphnée sautait à l'eau et l'immense poisson s'approchait doucement d'elle pour qu'elle puisse s'accrocher à ses nageoires. Il la promenait alors sur son gros dos rond en faisant d'inimitables pirouettes. Daphnée n'avait jamais été aussi heureuse.

Il faut dire qu'au début, les parents de Daphnée ne voyaient pas cette nouvelle amitié d'un très bon œil. Ils trouvaient Daphnée bien petite et la bête bien grosse. Mais, petit à petit, ils se rassurèrent. Elvar était très doux, attentif aux moindres gestes de la fillette, et jamais il ne l'avait bousculée. Ils se firent si bien à l'idée que peu à

peu, Elvar devint presque un membre de la famille.

Et ça durait maintenant depuis sept ans. Chaque printemps, Elvar revenait, fidèle au rendez-vous. Alexandre avait grandi, lui aussi, et ça faisait déjà belle lurette qu'il partageait les aventures de sa sœur.

Chapitre 1

Au moment où commence notre histoire, Daphnée a onze ans. Elle vit présentement des jours d'angoisse terrible, parce que selon elle, Elvar est en retard.

– Et s'il n'allait plus revenir, maman? demande Daphnée, les larmes aux yeux.

C'est Alexandre qui répond en avalant une bouchée de tartine:

– T'en fais des histoires pour quelques jours de retard! Peut-être qu'Elvar s'est trouvé une petite amie dauphin...

Daphnée le foudroie du regard.

– Allons, allons, les enfants, ça suffit, dit Lorraine en sortant de la cuisine.

L'auberge déborde déjà de touristes et Lorraine est très affairée.

Aujourd'hui, Daphnée refuse de partager les jeux d'Alexandre. Elle descend seule au bord de la mer, emportant son magnétophone et son équipement de plongée. Elle saute dans son zodiac et s'éloigne rapidement de la rive. Elle fait une longue randonnée, observant soigneusement l'horizon. Daphnée tend l'oreille, attentive au moindre son.

– Mes baleines sont là, au moins, elles, murmure Daphnée en revenant vers la rive. Elle s'approche d'un rocher et y accoste...

* * *

À quelques kilomètres de là, une voiture roule à vive allure sur la route qui longe la mer. La lumière du matin est douce, le paysage magnifique. Dans la voiture, un jeune couple rit, visiblement heureux. La jeune femme est au volant. Son mari se penche vers elle:

– Es-tu fatiguée, ma bichette? Je peux conduire, si tu veux...

Julie, une belle jeune femme brune, vive, le visage éclatant de santé, se tourne vers lui en souriant:

– Tu me parles comme si j'allais accoucher dans dix minutes!

Marcel, aussi blond que Julie est brune, se penche encore vers elle et lui bécote le cou. Puis il se tourne vers la mer.

– Quel magnifique coin de pays... Mon père avait bien raison...

Il regarde la mer et prend une profonde respiration.

– Sens-tu cet air-là qui nous gratouille jusqu'au fond des poumons?

Julie respire profondément et murmure:

– La mer...

Aussitôt, Marcel se met à chanter l'air de Trenet:

– La mer, qu'on voit danser...

Oui, enfin, chanter c'est beaucoup dire! Marcel chante terriblement faux, mais il ne semble pas s'en soucier le moins du monde. Julie lui lance un regard en coin:

– Tu devrais chanter à la radio!

Reconnaissant, Marcel lui glisse un petit «merci» sans manquer une note... fausse bien sûr.

– On pourrait la fermer, ajoute Julie, moqueuse.

Oups, Marcel n'avait pas prévu celle-là!

– Jalouse, dit-il sans sourciller.

La voiture vient de s'engager sur un pont qui longe une jolie petite anse. Marcel regarde le paysage avec le visage épanoui d'un gamin heureux.

– Ça me fait tellement plaisir, ma Julie, de t'amener dans mon pays natal. Tu verras comme c'est...

Mais Marcel a ralenti le rythme de sa phrase. Intrigué, il fixe un point derrière le rocher. Il vient d'apercevoir le corps d'un enfant qui flotte sur l'eau, visage caché, bras et jambes écartés.

– Arrête! crie Marcel, nerveusement.

Julie gare aussitôt la voiture sur l'accotement. Marcel sort en trombe, revient en courant sur le pont et s'approche du parapet. Julie vient le rejoindre. Elle suit le regard de Marcel et découvre aussitôt le corps de l'enfant qui flotte sur l'eau. Julie pâlit:

– Marcel!

– Vite, on n'est pas loin du village. Va chercher de l'aide.

Déjà, il a enjambé le parapet et amorce sa descente vers la mer. Julie a regagné la voiture à la course.

– De l'oxygène! lui crie Marcel.

Marcel poursuit sa descente, mais très vite il se rend compte qu'il ne pourra pas atteindre l'enfant de ce côté du rocher sans avoir à nager une centaine de mètres. Il revient sur ses pas, enjambe à nouveau le parapet et se met à courir comme un déchaîné vers l'autre rive de l'anse.

Pendant ce temps, Julie est entrée au village en trombe et vient bruyamment freiner devant le magasin général. Trois vieux villageois sont confortablement installés sur le perron et bavardent calmement. Leur conversation s'arrête net lorsqu'ils voient la jeune femme bondir de sa voiture:

– Vite, il y a un enfant qui est en train de se noyer... Là-bas près du pont, à un kilomètre environ...

Mais Julie n'a pas le temps de terminer sa phrase, les vieux éclatent de rire à l'unisson. Ils se regardent l'un l'autre et se tapent sur les cuisses. Julie est totalement ahurie. Elle se secoue comme si elle faisait un mauvais rêve et s'éloigne dans un nuage de poussière.

De son côté, Marcel se précipite vers la mer. Il se remémore, à voix basse, les consignes à suivre en cas de noyade.

– UN: quatre insufflations rapides sur la bouche. DEUX: vérifier si l'air pénètre bien. TROIS: dégager les voies respiratoires. QUATRE: ramener la personne sur la terre ferme tout en continuant la respiration artificielle...

* * *

Julie est arrivée à l'auberge. Elle arrête la voiture, descend, regarde autour d'elle. Personne. Elle fonce en courant dans l'allée qui mène au portique de l'auberge. Justement, un garçon en sort. C'est Alexandre. Son bras est dans le plâtre, conséquence directe d'une expédition au sommet d'un gros arbre pour aller inspecter un nid d'oiseaux. Il marche lentement, tenant tant bien que mal une dizaine de cassettes dans ses mains. Affolée, Julie se rue vers lui:

– Un enfant est en train de se noyer dans la mer. Il faut avertir...

Alexandre s'est arrêté un moment. Il regarde Julie, sourit, hausse les épaules:

– C'est pas grave, c'est ma sœur!

Il poursuit son chemin sans se soucier du visage contrefait de Julie, qui comprend de moins en moins.

– Mais qu'est-ce qu'ils ont? Ils sont tous fous, ici?

Julie est paralysée. Elle lève les yeux et aperçoit une jeune femme blonde qui vient du jardin. Elle ne sait plus si elle doit ou non l'aborder. En la voyant sourire, elle se risque:

– Mademoiselle...

– Oui?

Julie hésite, méfiante:

– Si je vous disais qu'un enfant est en train de se noyer...

Anne, car c'est elle qui vient justement à l'auberge, lui répond avec un grand sourire:

– Alors, je vous dirais que c'est la première fois que vous venez dans le coin...

Marcel a atteint les rochers plats qui recouvrent une partie de la rive. Il s'est approché du zodiac rouge vif accosté sur le sable. Il remarque, sans s'y attarder, la présence d'un petit magnétophone à cassettes dans le fond de l'embarcation.

Marcel s'engage avec précaution sur le rocher glissant qui descend sous l'eau. Il s'approche lentement du corps.

L'eau recouvre ses sandales, lui monte jusqu'aux mollets, mouille son pantalon fleuri. Il n'est plus qu'à trois mètres du corps.

Soudain, l'enfant lève brusquement la tête dans sa direction.

– Fais pas de bruit, dit-elle, sévère.

Marcel était déjà en équilibre précaire. Le geste de la fillette le fait sursauter. Ses deux pieds glissent et il se retrouve dans l'eau jusqu'à la poitrine. Le souffle coupé, les yeux ronds, il fixe la fillette.

L'air penaud de Marcel fait sourire Daphnée. Elle reprend, sur un ton plus doux.

– Allô!

– Euh, salut, répond Marcel.

Daphnée examine Marcel. Ses fins cheveux blonds, collés à son front, son pantalon fleuri, rose vif, sa chemisette d'un bleu électrique, ses petites lunettes rondes bien accrochées sur son nez... Elle éclate de rire.

Marcel sourit timidement. Il regarde les grands yeux noisette de Daphnée, son sourire capable de désarmer un régiment de Mongols. Il reprend lentement son souffle et ses esprits.

– Qu'est-ce que tu fais? demande Marcel, hésitant.

– J'enregistre, répond Daphnée, comme si c'était la chose la plus naturelle du monde.

Elle lève la main et montre à Marcel un petit appareil qu'elle a plongé sous l'eau. Le visage de Marcel indique clairement qu'il ne comprend absolument rien.

– T'enregistres quoi?

– Ben, mes baleines! Elles chantent!

Marcel fait la moue, incrédule.

– Tu me crois pas? Écoute toi-même!

Toujours assis dans l'eau, Marcel frissonne.

– Vas-y, insiste Daphnée, mets tes oreilles sous l'eau.

Marcel hésite. La fillette est-elle encore en train de se payer sa tête? Mais il est curieux aussi. Il décide d'en avoir le cœur net. Il se relève à demi et penche sa tête vers la surface de l'eau.

– Toute la tête sous l'eau? demande-t-il, hésitant.

Il lance un regard inquiet vers Daphnée. Elle l'encourage d'un signe de tête. Il tente un compromis, tourne la tête et plonge seulement l'oreille gauche.

– Mais non, dit Daphnée, ça ne va pas du tout. Les deux oreilles.

Marcel n'a pas le choix. Il s'exécute. Il garde la tête sous l'eau quelques secondes, puis se relève à moitié étouffé.

– T'as entendu quelque chose?

– Non, rien! avoue Marcel, désolé. Et toi? Qu'est-ce que t'entends?

Daphnée hausse les épaules, ennuyée d'avoir à répéter deux fois une chose si évidente.

– Mes baleines, je te l'ai dit!

Marcel n'insiste pas. En fait, il n'ose plus poser de questions. Il se sent presque coupable. Comment peut-il avoir un père qui est né dans ce village et ne pas savoir que les baleines chantent? C'est vrai que c'est la première fois qu'il vient visiter le village de ses ancêtres.

Daphnée regarde le visage dépité de Marcel.

– Attends, je vais te montrer.

Dans un gracieux mouvement, la fillette a plongé tête première, les pieds à la verticale, droit vers le ciel. Elle disparaît. Marcel regarde autour de lui, inquiet. Qu'est-ce qu'elle est encore en train de lui préparer? Daphnée jaillit de l'eau tout près de lui et grimpe à ses côtés sur le rocher.

– Viens avec moi.

Elle lui donne la main et le guide vers le zodiac. Elle prend les écouteurs et les lui tend.

– Mets-les!

Marcel obéit. La fillette plonge l'hydrophone sous l'eau et observe Marcel avec attention. Il écoute un moment. Ses yeux s'agrandissent, il regarde en direction de la mer. Puis, il se tourne vers Daphnée.

– C'est vraiment des baleines qui chantent?

– Des baleines à bosse, oui. On les appelle comme ça parce qu'elles ont le nez comme un cornichon. C'est drôle, hein?

Elle éclate de rire. Marcel aussi. Il remet les écouteurs et ferme un moment les yeux. Son incrédulité a fondu comme beurre au soleil. Il est de plus en plus fasciné. Il murmure:

– C'est incroyable, extraordinaire... On dirait qu'elles sont là, tout proche.

– Elles sont à sept ou huit kilomètres, explique Daphnée. Le son circule mieux dans l'eau que dans l'air.

– Je n'ai jamais rien entendu de pareil...

– C'est beau, hein? dit Daphnée.

Marcel la regarde un moment.

– Comment ça se fait que tu sais si bien nager?

Daphnée rit.

– C'est pas difficile. Je suis presque née dans l'eau. Je savais nager avant de marcher.

– Alors, t'es une sirène...

Marcel frissonne. Au même moment, une voiture s'arrête brusquement sur la route au-dessus de la petite anse. Julie en sort. Il lève la tête:

– Oh Grand Dieu, c'est vrai, j'avais presque oublié...

– Qui c'est? demande Daphnée en regardant Julie, qui fait de grands gestes.

– C'est Julie, ma femme. On allait à l'auberge, explique-t-il gauchement.

Daphnée lui coupe la parole:

– Bravo, on se reverra. J'y habite.

Dégoulinant, Marcel monte à la rencontre de Julie, qui en a long à lui raconter.

Chapitre 2

Dès le lendemain, chemise et pantalon secs, Marcel s'est précipité au village. Il veut faire connaissance avec le petit port de pêche. Debout sur le quai, sa ligne à pêche à la main, il rayonne. Il contemple les chaloupes et les canots aux couleurs vives, accrochés à leurs bouées, éparpillés un peu partout dans la baie. Il regarde la mer bleue, droit devant lui. Soudain, il aperçoit un petit zodiac rouge clair qui vient du large et se dirige à toute vitesse vers la plage. Il reconnaît aussitôt sa petite «noyée». Il lui fait de grands signes de la main. La fillette pénètre dans la baie, réduit sa vitesse et vient s'arrêter près du quai.

– Salut, tu viens avec moi?

– Euh... oui, pourquoi pas?

Marcel saute avec précaution dans le petit zodiac.

Aussitôt, Daphnée repart vers le large. Mais soudain, quelque chose attire son attention, elle fixe un point sur la plage. Marcel se retourne. Brusque virage. Une bonne vague a pris l'embarcation de flanc. Marcel est trempé de la tête aux pieds! Daphnée, bien confortable en maillot de bain, s'esclaffe. Marcel s'essuie le visage tant bien que mal avec un pan de sa chemise. Daphnée fonce vers l'embarcation qu'elle a repérée sur la plage. Une voiture est stationnée tout près. Trois hommes font la navette, transportant du matériel de la voiture à l'embarcation. Debout sur la plage, un homme d'une soixantaine d'années, barbu et coiffé d'une casquette, surveille les opérations. Daphnée vient d'accoster sur la plage. Sans hésiter une seconde, elle enjambe Marcel en vitesse, saute sur la plage et court vers le capitaine.

– Grand-papa!

Le capitaine se retourne. Un large sourire éclaire son visage.

– Ma petite grenouille!

La fillette lui saute dans les bras.

– Grand-papa Thomas!

Le capitaine serre la fillette dans ses bras et l'embrasse bien fort. Marcel a suivi Daphnée. Il observe la scène en souriant.

– T'es arrivé quand, grand-papa?

– Avant-hier.

– T'as fait le voyage avec les baleines?

Le capitaine se met à rire en déposant la fillette sur le sable. Il aperçoit Marcel, qui, naturellement, a une bien drôle d'allure avec son pantalon vert pomme collé aux jambes! Le capitaine l'observe un moment, légèrement intrigué.

– C'est mon ami Marcel, lance Daphnée.

– Bonjour, dit Marcel, un petit sourire timide aux lèvres.

Le capitaine ne répond pas. Il dévisage Marcel un long moment, l'air presque sévère. Marcel est mal à l'aise. Le capitaine plisse les yeux.

– Toi, t'es un Langlois, s'exclame le capitaine. De la famille à Ernest.

Marcel est étonné.

– C'était mon grand-père.

C'est au tour de Daphnée d'être surprise:

– Tu viens d'ici?

– Pas moi, mon père.

Daphnée s'est tournée vers le capitaine.

– Vas-tu rester longtemps, cette fois-ci?

– Peut-être un mois.

De la tête, il désigne à la fillette les trois hommes qui déchargent la familiale.

– Ce sont des gens de la télévision. Ils viennent faire un reportage sur les baleines à bosse.

– Oui, il y en a qui sont arrivées mardi dernier. Une dizaine au moins.

– Tu les as vues?

– Non, je les ai entendues. Elles rôdent dans le coin de l'île Nue.

Le capitaine regarde Daphnée un moment. Il est émerveillé et attendri par cette drôle de petite sirène. Il la soulève de nouveau dans ses bras, l'embrasse et la redépose sur le sable.

– Tu passeras faire ton tour au bateau, dit le capitaine en s'éloignant.

– Tu parles, dit Daphnée en entraînant Marcel vers le zodiac.

Il n'est pas aussitôt installé dans la petite embarcation que Daphnée file vers le large.

– On va essayer, mais ce n'est pas sûr qu'on les verra aujourd'hui. D'après ce qu'elles racontent, elles n'ont pas l'air de vouloir sortir de l'eau!

Marcel la regarde, l'œil soupçonneux. Il n'ose pas répondre. Il observe la mer avec attention. Daphnée navigue lentement, en faisant de grands cercles. Puis, soudain, Daphnée met le cap sur le rivage.

– Non. Pas la peine d'insister, elles ne veulent pas.

Quelques instants plus tard, elle tire son zodiac sur la rive. Marcel suit la fillette dans l'allée bordée d'arbres et de fleurs qui mène à l'auberge. Tout est paisible. L'air est embaumé. Marcel réfléchit.

– Elles parlent vraiment?

– Bien sûr! Elles se racontent des histoires.

Toujours méfiant, Marcel lui jette un coup d'œil de biais.

– Des histoires drôles, vieilles de 50 millions d'années! D'autres fois, elles se donnent des informations sur les bateaux ou bien elles parlent de leurs enfants...

– Comment ça se fait que tu sais ça,

toi? demande Marcel, mi-sceptique, mi-admiratif.

– Ben j'écoute, dit Daphnée avec le ton impatient de quelqu'un qui explique la plus évidente des évidences.

Marcel n'ose pas protester. Il suit Daphnée en silence. Juste à ce moment-là, une voiture arrive derrière eux dans l'allée de l'auberge. La voiture s'arrête. Un homme dans la soixantaine est au volant.

– Allô, grand-papa Hector, s'exclame Daphnée.

– Allô, ma belle! T'es bien en vacances, hein?

– Mets-en, dit Daphnée en riant.

L'homme regarde Marcel, un peu étonné.

– Bonjour.

– Bonjour, monsieur, répond timidement Marcel, soudain redevenu conscient de son pantalon mouillé qui lui colle encore aux cuisses.

Daphnée ne s'est aperçue de rien. D'ailleurs, les vêtements mouillés de Marcel, elle commence à être habituée!

– C'est Marcel, explique la fillette. Il est en vacances à l'auberge. Avec Julie. C'est sa femme!

Marcel sourit pendant que la voiture s'éloigne.

– Dis donc, t'en as combien de grands-pères?

Daphnée hausse les sourcils en riant.

– C'est pas tout à fait mon grand-père, tu vois. Et grand-papa Thomas non plus. C'est les deux frères. L'auberge, c'est à grand-papa Hector. Papa et maman tiennent l'auberge pour lui depuis que je suis au monde.

– Et grand-papa Thomas, lui? demande Marcel.

– Ah lui, c'est un marin, dit Daphnée sur le ton de la plus grande admiration. Il voyage depuis toujours. Il a fait le tour de la terre au moins dix fois avec son bateau.

Ils sont arrivés dans le vaste jardin fleuri en face de l'auberge. Daphnée aperçoit Julie.

– Allô, Julie, crie Daphnée.

Puis elle ajoute tout bas à l'intention de Marcel:

– Elle est belle!

Il sourit et se tourne vers Julie:

– Tu t'es pas inquiétée, au moins?

Julie a toutes les peines du monde à

se retenir de rire en voyant l'allure de Marcel.

– Non, non. Il paraît qu'avec la grenouille, on n'a pas à s'inquiéter! Oh, regarde ce magnifique dahlia...

Une pause, puis Julie ajoute en s'esclaffant:

– Tu crois pas que tu devrais mettre un pantalon sec?

Marcel n'a même pas l'air de l'avoir entendue. Il a les yeux rêveurs:

– J'ai hâte que t'entendes le chant des baleines, dit-il doucement.

Daphnée s'arrête, se tourne légèrement et indique à Marcel son sac à dos.

– Prends l'enregistreuse dans mon sac, dit-elle.

Marcel fouille, trouve l'enregistreuse et la montre à Julie avec un large sourire:

– Tu vas voir!

À ce moment-là, Lorraine, la mère de Daphnée, sort de l'auberge et se dirige vers la camionnette de son mari qui vient d'arriver avec les provisions. Elle s'arrête en apercevant le trio. Elle jette un coup d'œil au pantalon de Marcel, puis à Daphnée:

– Qu'est-ce que t'as encore fait?

– Mais j'ai rien fait, s'exclame Daphnée. C'est lui qui a voulu voir les baleines...

– Oui, hier il voulait te sauver et aujourd'hui...

Elle s'éloigne en riant. Marcel a placé les écouteurs sur les oreilles de Julie. Les yeux fermés, elle écoute le chant des baleines. Il l'observe, ému.

– Tu sais, explique-t-il à voix basse, leurs chants varient d'une année à l'autre... Elles peuvent s'entendre parler de très loin...

Évidemment, Julie n'a rien entendu et Marcel n'a pas vu que Daphnée est partie en courant rejoindre son frère Alexandre qui sort du garage avec un haut-parleur dans les mains. Il a l'air plutôt encombré avec son bras dans le plâtre.

– Attends, je vais t'aider, dit Daphnée. T'as ben l'air pressé?

– Je veux faire un test, répond Alexandre.

Les deux enfants s'éloignent en riant pendant que Marcel et Julie, chacun un écouteur à l'oreille, écoutent ensemble le chant des baleines.

*   *   *

Pendant ce temps, sans que personne ne puisse s'en douter, un drame se prépare. Lorraine est retournée à la cuisine où deux cuisinières sont affairées à préparer le repas du soir pour tous les résidents de l'auberge. Elle surveille les opérations. Elle ne s'aperçoit pas tout de suite que monsieur Paquet, ou «grand-papa Hector» pour Daphnée, est entré sans bruit et s'appuie sur le cadre de la porte.

– Dieu que ça sent bon, ici, s'exclame-t-il.

Lorraine sourit:

– Comme d'habitude, dit-elle en continuant son travail.

Monsieur Paquet demeure silencieux quelques instants. Puis:

– Lorraine, je peux te voir deux minutes?

– Bien sûr, répond Lorraine, en s'essuyant les mains. Je viens tout de suite.

Elle sort de la cuisine et suit monsieur Paquet, lequel se dirige vers une petite pièce qui donne sur la terrasse. Lorraine n'a pas vraiment noté l'air préoccupé de son patron. Elle s'assied calmement. Elle est seulement un peu surprise du silence qui se prolonge. Elle lève les yeux:

– Il y a un problème?

Il ignore la question et regarde un instant vers la mer par la grande porte vitrée. Puis il se retourne brusquement vers elle:

– Lorraine, j'ai quelque chose d'important à te dire. Je viens de prendre une grosse décision.

La mère de Daphnée a un petit sourire moqueur:

– Je le sais! Vous avez décidé de vous marier!

Mais monsieur Paquet n'a pas souri. Il ajoute aussitôt, sans regarder Lorraine:

– J'ai décidé de vendre l'auberge...

La mère de Daphnée comprend immédiatement qu'il ne s'agit pas d'une blague. Le sang s'est retiré de son visage. Elle est consternée. Un long silence suit l'annonce de monsieur Paquet. Lorraine s'est levée, sans dire un mot. Elle sort sur la terrasse et se dirige lentement vers le belvédère qui surplombe la mer. Monsieur Paquet l'a suivie. Il explique:

– Tu sais, Lorraine, c'est un projet énorme. Ils veulent aménager un terrain de golf. Ils parlent de creuser une marina dans l'anse. Ils ont même fait une demande pour ouvrir un casino.

La mère continue de regarder le paysage. Des larmes brillent dans ses yeux qui ont la même couleur noisette que ceux de Daphnée. Elle dit doucement:

– Vous ne pouvez pas accepter ça, monsieur Paquet. L'auberge familiale, le domaine, c'est toute votre vie!

Monsieur Paquet regarde Lorraine:

– Oui, 40 ans de ma vie, Lorraine. À travailler comme un fou. Tout seul.

Thomas, lui, il a jamais voulu s'en occuper. Je suis fatigué, je vieillis, j'ai envie de penser un peu à moi...

– Je comprends ça, mais...

Monsieur Paquet l'interrompt:

– Si tu pouvais en parler toi-même à Charles et expliquer aux enfants... Je sais que ce sera pas facile...

Monsieur Paquet n'ose même pas lever les yeux. Il sait comment Daphnée va prendre ça... mal, c'est certain. Sans ajouter un mot, il quitte Lorraine et revient lentement vers l'auberge. Pendant un très long moment, Lorraine reste là à regarder la mer, à écouter le chant des oiseaux, à respirer l'air embaumé...

Marcel et Julie sont toujours dans le jardin à écouter le chant des baleines. La première, Julie retire «son» écouteur. Elle s'élance en courant:

– Viens vite te changer. Tu vas attraper froid... Oh! Regarde-moi ces giroflées! C'est pas merveilleux, non?

Marcel la suit comme à regret, encore tout imprégné de ses chants de baleines. Julie a sorti leurs effets des valises. Elle tend un chandail sec à Marcel.

– Tu parles d'une drôle de grenouille, dit Marcel. Tu sais, hier, elle a bondi de l'eau comme un saumon qui remonte sa rivière. Elle saute ça de haut, je te jure, et puis, elle vient s'asseoir sur le rocher à côté de moi, avec ses cheveux rouges tout mouillés dans le visage et son petit rire... un rire comme j'en ai jamais entendu...

Julie l'interrompt:

– Et toi, t'es tombé en amour.

– Non, non, dit Marcel, je suis tombé à l'eau.

Julie s'esclaffe:

– Marcel, il est à l'envers!

– Quoi? demande Marcel tout pris par son histoire.

– Ton chandail, Marcel, tu le mets à l'envers!

Julie s'est étendue sur le lit et regarde son drôle de mari d'un air attendri. Elle a déposé le magnétophone près d'elle puis, soudain, elle appuie les écouteurs sur son ventre. Marcel s'est arrêté de parler, intrigué.

– Qu'est-ce que tu fais?

Julie sourit. Marcel s'est approché d'elle. Tout ému, il demande:

– Tu crois qu'il pourrait...?

– Peut-être...

Marcel a appuyé sa tête sur le ventre de sa femme. Il a pris l'un des écouteurs et l'appuie sur son oreille:

– J'espère bien qu'il entend... C'est tellement beau, on dirait un son d'orgue dans une cathédrale du Moyen-Âge...

Soudainement, comme s'il sortait de la lune, il ajoute:

– Viens! Daphnée nous attend sur le quai de la baie. Elle veut nous présenter son ami...

Calmement, Julie l'arrête avant qu'il saisisse la poignée de la porte:

– Marcel, tu y vas comme ça?

Il s'arrête, l'air penaud. Il avait oublié son pantalon! Il en choisit un, aussi coloré que les autres, et entraîne Julie dans les allées du jardin. Il court presque. Mais elle le retient par la main:

– Regarde le rosier, Marcel. T'as vu la grosseur et le velours de cette rose-là?

– Oui, oui, dit Marcel sans rien voir. Tu sais, chaque automne il repart pour le Sud. C'est comme si Daphnée et lui retournaient à l'école, chacun de leur côté.

– Qui ça? demande Julie en s'arrêtant pour admirer un buisson de shastas.

– Mais Elvar, voyons!

– Elvar qui?

Cette fois-ci, Marcel s'est arrêté. Il regarde Julie, ahuri, comme si elle venait d'une autre planète.

– Elvar, son dauphin!

Julie a ouvert la bouche. Elle se laisse tomber sur un banc et rit à s'en défoncer les côtes.

– Tu ne m'as jamais dit que son ami était un dauphin...

– Ah non? demande Marcel, étonné.

– Ah non, dit Julie. Je ne sais pas si son ami est un dauphin, mais je sais que mon mari est un lunatique.

Marcel n'a même pas sourcillé. Il entraîne Julie en courant. Sans reprendre son souffle, il continue son histoire:

– Il a eu onze ans en avril. Comme Daphnée. Elle est sûre qu'ils sont nés le même jour.

Julie ralentit le pas devant un autre bouquet:

– Regarde les beaux delphiniums, Marcel.

– Ils sont magnifiques, dit Marcel sans même tourner la tête. Viens, Julie, Elvar est peut-être déjà là.

Depuis un bon moment, Daphnée est déjà installée sur le petit quai qui s'avance dans la baie. À côté d'elle, elle a déposé son sac de poissons. Elle est calme, heureuse, détendue. Elle vient présenter son nouvel ami à Elvar. Elle attend patiemment. Soudain, elle lance un son étrange et soutenu. Un curieux mélange de sifflements, de chuintements, de clappements de la langue. Comme si elle avait inventé un langage nouveau. Une espèce de chant, d'incantation avec des modulations inattendues. Elle se tait, attend quelques minutes en observant la mer. Puis elle recommence son signal insolite. Elle sourit lorsqu'elle aperçoit un léger remous au loin. De l'autre extrémité de la baie, Elvar vient vers elle. Il arrive à toute vitesse, tourne autour du quai, fait une pirouette, puis une autre et s'élance dans les airs et avec un bond prodigieux, il plonge et ressort aussitôt la tête juste au bout du quai, devant Daphnée. Elle le caresse doucement.

– J'ai un ami à te présenter, Elvar.

Je lui ai parlé de toi. Il est drôle, tu vas voir. Il s'appelle Marcel. Essaie de dire «Marcel», mon beau Elvar, hein? Dis «Marcel»!

Daphnée rit, heureuse. Elle embrasse son dauphin sur le bout du nez. Il émet un drôle de son, comme en se raclant la gorge.

– Mais non, Elvar, dit Daphnée en lui tapotant la tête, j'ai pas dit «je t'aime», j'ai dit «Marcel».

Dans son langage de dauphin, Elvar gargouille toute une série de sons très complexes. À genoux sur le quai, nez à nez avec Elvar, Daphnée tente de l'imiter. Elle essaie à quelques reprises sans réussir. Son beau rire clair s'égrène comme des centaines de petits grelots.

– C'est pas juste, Elvar, dit-elle. C'est vraiment trop compliqué!

Tout en bavardant avec Daphnée, Elvar a avancé sa grosse tête ronde. De son long museau, il pousse le sac de poissons que la fillette a déposé sur le quai.

– T'as faim? Tu veux pas attendre Marcel?

Mais Elvar avait vu Marcel avant elle. Déjà, il a disparu. Il file au bout de

50

l'anse. Daphnée s'est retournée. Elle fait de grands signes de la main à Marcel, qui s'avance en courant vers le quai. Julie le suit posément à une cinquantaine de pas derrière. Dès l'arrivée de Marcel, Daphnée s'est tournée vers Elvar. La tête hors de l'eau, il la fixe de loin. Il donne l'impression d'attendre quelque chose.

– Elvar, crie Daphnée, je te présente Marcel! Viens le saluer!

Le dauphin disparaît sous l'eau. Il fonce à toute allure vers le quai, passe devant Daphnée, puis jaillit avec force hors de l'eau et exécute un saut magnifique devant Marcel qui s'amène au même moment sur le quai. Marcel a bondi de peur et de surprise à la vue de ce mastodonte qui a surgi de l'eau et qui replonge dans un immense fracas. Désastre! Le pauvre Marcel se retrouve éclaboussé de la tête aux pieds comme si quelqu'un lui avait versé un seau d'eau sur la tête. Dégoulinant encore une fois, il se tourne tout déconfit vers Daphnée. Elle éclate de rire.

Comble de malheur, Elvar égrène une série de sons qui ressemble à s'y méprendre à un grand rire de dauphin... Et maintenant, c'est Julie! Elle s'est approchée et contemple Marcel avec ses petits yeux moqueurs, une main sur sa hanche. Elle pouffe de rire à son tour. Heureusement que Marcel a bon caractère! Il faut dire qu'il est bien trop fasciné par Elvar, qui s'est mis à nager en rond devant eux, pour se formaliser des rires. Comme si le dauphin avait voulu se faire pardonner, il donne à Marcel le plus beau spectacle qu'il ait jamais vu. Il jaillit de l'eau à toute vitesse, exécute une gigantesque pirouette, virevolte sur lui-même, pique du nez dans l'eau calme de la petite baie et disparaît pour recommencer deux mètres plus loin. Non seulement il multiplie les acrobaties, mais on dirait qu'il les explique à Marcel. Avec son petit sifflement particulier, Elvar ne cesse de jacasser. Il produit une avalanche de petits «clicks», trois cents à la seconde en fait, que Daphnée a l'air de comprendre.

– Tu veux jouer, Elvar?

Elle retire aussitôt le chandail qu'elle avait enfilé sur son maillot et plonge au bout du quai. Avec des mouvements très souples et très sûrs, Daphnée nage

à la rencontre d'Elvar. Marcel en perd le souffle. Le dauphin s'est brusquement arrêté devant la fillette. La tête sortie de l'eau, il approche doucement son long nez de Daphnée. Elle l'embrasse en riant. Un coup de queue, un plongeon rapide et Elvar a disparu, pour reparaître quelques instants plus tard dans le dos de la fillette. Il glisse doucement à côté d'elle. En un geste rapide, Daphnée a tendu la main et s'est accrochée à une nageoire d'Elvar. À la vitesse de l'éclair, Elvar file vers le large avec Daphnée accrochée à lui.

Marcel a cessé de sourire. Il est

paralysé. La peur lui serre la poitrine. Julie l'a senti se raidir. Elle pose sa main sur le bras de Marcel. Elle murmure, sans quitter Daphnée des yeux, qui vole avec son dauphin sur le sommet des vagues:

– T'en fais pas, Marcel, la grenouille sait ce qu'elle fait.

Mais déjà Elvar revient vers le quai et Daphnée plonge pour ressurgir à côté de Marcel. Ses longs cheveux roux frisés flottent sur l'eau bleue comme un voile derrière elle. Elle est ruisselante et resplendissante. Marcel lui tend la main et elle saute sur le quai. Rassuré, Marcel crie:

– C'est merveilleux, fantastique, extraordinaire!

Il saisit le sac de poissons à côté de lui et en tend un vers Elvar qui nage à vingt mètres. Le dauphin s'approche aussitôt. Ravi, Marcel s'exclame:

– T'as vu? Il l'a tout de suite senti!

– Mais non, explique Daphnée, c'est parce qu'il l'a vu. Les dauphins ne peuvent pas sentir.

– Ah bon, dit Marcel en tendant le poisson vers la gueule grande ouverte d'Elvar.

Mais aussitôt, il aperçoit la rangée de dents du dauphin. Il hésite, le bras levé. Daphnée rit:

– N'aie pas peur, les dauphins ne mordent jamais.

Marcel laisse tomber le poisson dans la gueule d'Elvar, presque émerveillé de son propre courage!

Julie a tourné la tête en entendant les pas de quelqu'un derrière elle. Anne s'avance sur le quai.

– Bonjour, Anne... Marcel, c'est Anne, la biologiste dont je t'ai parlé... Tu sais, celle qui m'a rassurée sur le sort de ta noyée!

– Alors, c'est vous le sauveteur? dit Anne en souriant.

Julie et Daphnée éclatent de rire.

– Ouais, les nouvelles voyagent aussi vite sur terre que sous l'eau, d'après ce que je vois, dit Marcel, l'air un peu dépité.

– Et alors, Daphnée, t'as réussi?

– Réussi quoi? demande Daphnée d'un petit air innocent.

– À enregistrer leurs chants...

Daphnée prend un air désolé:

– Non, même pas une petite note. J'ai attendu deux heures dans l'eau. Rien!

Elles étaient muettes comme des carpes aujourd'hui.

Avec sa bouche, elle mime le mouvement des carpes qui ouvrent et referment la gueule en silence.

Marcel et Julie se rendent vite compte que Daphnée est en train d'embobiner Anne. Ils se regardent du coin de l'œil.

Anne est visiblement déçue. Elle hausse les épaules:

– Demain peut-être.

– Non, dit Daphnée, demain elles ont organisé un pique-nique...

Marcel laisse échapper un grand éclat de rire.

– Ah, toi, ma petite sardine, dit Anne, tu m'as eue!

– Eh oui! Tiens, elle est là la cassette. Prends-la dans mon sac.

Daphnée a de nouveau sauté à l'eau et joue à cache-cache avec Elvar. Julie s'exclame:

– T'as vu avec quelle facilité il la retrouve?

– Et si on lui bandait les yeux, dit Anne, il la retrouverait aussi facilement.

– Vraiment? demande Marcel, étonné.

– Bien sûr, explique Anne, les dauphins peuvent voir dans l'eau et dans l'air, même si Daphnée était cachée, il la repérerait grâce aux petits «clicks» sonores qu'il émet. On appelle ça le sonar. En fait, ce sont des ondes sonores...

– Ah oui, dit Julie, c'est comme ça que les chauves-souris s'orientent dans la noirceur des cavernes, non?

– Exactement, répond Anne. Grâce à ces ondes-là, le dauphin peut évaluer les distances, les formes et même la densité des objets. C'est un peu comme un médecin qui nous regarde aux rayons X. On dit que le dauphin peut voir nos os, nos poumons, notre cœur.

– Il pourrait savoir que je suis enceinte? demande Julie.

– Ah, tu attends un bébé? dit Anne. Alors oui, Elvar le saurait.

– C'est pas possible, s'exclame Julie, Elvar saurait ça?

Marcel est tellement impressionné qu'il en reste bouche bée.

Il regarde Daphnée qui continue de jouer avec Elvar. Anne fouille dans le sac de Daphnée et elle en sort la flûte à bec. Elle commence à jouer doucement.

Aussitôt, Elvar et Daphnée se sont approchés du quai. La tête hors de l'eau, le dauphin a l'air d'écouter attentivement la mélodie. Daphnée accompagne Anne quelques minutes en sifflotant, puis elle grimpe sur le quai. Elvar s'approche pour recevoir son baiser. Daphnée s'exécute en riant.

– À plus tard, Elvar!

Ils retournent ensemble à l'auberge, mais Marcel a pris les devants avec Anne. Julie traîne un peu derrière avec Daphnée. Marcel est curieux, il veut tout savoir.

– Comment c'est arrivé? Je veux dire comment il est devenu l'ami de Daphnée?

– Ah ça, on ne sait pas vraiment. Ça fait déjà sept ans qu'il revient ici, chaque été. Et le plus extraordinaire, c'est que c'est la première fois qu'un dauphin souffleur remonte jusqu'ici. Normalement, les dauphins de son espèce restent dans les mers chaudes.

Marcel écoute, fasciné. Il tourne la tête et jette un coup d'œil à Julie et Daphnée qui les suivent de loin. Anne continue:

– Des spécialistes du monde entier sont venus vérifier sur place. Personne ne peut expliquer sa présence ici.

Marcel l'interrompt, presque offusqué:

– Mais c'est simple, la raison de sa présence, c'est Daphnée!

Anne sourit:

– Peut-être, mais ce n'est pas une explication très scientifique! Il reste que c'est bizarre, parce qu'une fois arrivé dans l'anse, il ne la quitte plus de l'été. Il refuse d'aller en mer. Daphnée a essayé plusieurs fois de l'amener avec elle, mais rien à faire.

Marcel a presque les larmes aux yeux. Il annonce, triomphant:

– C'est parce qu'ils sont de la même race, Daphnée et lui!

Julie, qui s'était rapprochée d'eux, l'a entendu. Elle éclate de rire:

– Je l'ai toujours dit que tu étais un poète... mon beau poète d'amour!

Daphnée a entendu la dernière phrase. Elle demande sérieusement:

– Tu fais des poèmes, Marcel?

– Si tu veux, répond timidement Marcel. Les poèmes, c'est peut-être juste une façon différente de voir les choses. Ce sont peut-être mes rayons à moi!

Daphnée rit et entraîne Julie à la course dans le jardin de l'auberge. Julie s'arrête brusquement:

– Regarde ces phlox extraordinaires. Blancs avec un petit cœur rouge...

– Oui, c'est beau. Ça s'appelle des plocks? Comment tu dis ça?

Julie rit:

– Pas possible! Tu vis dans ce beau jardin tous les jours et tu connais pas le nom de tes fleurs?

Daphnée fait la moue:

– D'abord, c'est pas «mes» fleurs, c'est celles de maman. Et puis peut-être que je passe trop de temps dans l'eau...

Daphnée disparaît en courant.

– Il faut que j'aille voir Alexandre. On a des choses à préparer pour la fête de ce soir.

* * *

À l'auberge, c'est, en effet, devenu la coutume de préparer une petite fête par semaine pour les vacanciers. Générale-ment, ce sont Alexandre et Daphnée qui s'en occupent. Souvent, Anne se joint à eux. Ça les amuse au moins autant que leurs invités, d'autant plus que, ce soir, Marcel et Julie font partie du groupe.

Le repas s'achève dans la grande

salle à manger qui a une vue splendide sur la mer. Le soleil qui se couche colore le ciel d'étranges reflets roses. La mer devient d'un bleu plus profond. Les gens s'attardent à admirer le spectacle que leur offre la nature pendant que, sur la terrasse, Alexandre, Daphnée et Anne s'affairent aux derniers préparatifs.

Alexandre a organisé l'équipement de main de maître, malgré son bras dans le plâtre. C'est qu'il s'y connaît en console, haut-parleur, synthétiseur et quoi encore... Il fait les dernières vérifications. Anne s'est installée au synthétiseur. À ses côtés, Daphnée est toute prête, avec sa flûte à bec.

Petit à petit, les gens sortent sur la terrasse et s'installent confortablement dans les chaises de jardin. Marcel et Julie sont au premier rang. Le pantalon de Marcel, sec cette fois-ci, est au moins aussi coloré que les autres! Des grandes fleurs jaune pâle sur fond bleu vif! Plus sage, Julie s'est contentée de piquer une marguerite sauvage dans ses longs cheveux bruns.

Daphnée prend le micro:

– Bonsoir, dit-elle. Je vous souhaite

la bienvenue à notre auberge, même si je suis un peu en retard...

Petits rires dans l'assemblée.

– ... mais surtout, bienvenue à notre spectacle.

Un large sourire lui creuse des fossettes et illumine son petit visage aux cent taches de rousseur.

– Je sais bien que vous n'êtes pas vraiment venus jusque dans notre petit village seulement pour me voir...

Rire général.

– ... mais pour admirer nos magnifiques baleines à bosse. Et vous en faites pas, vous allez les voir parce qu'elles sont arrivées. Et je peux vous promettre qu'elles vont vous donner un spectacle bien meilleur que le mien!

Marcel sourit, attendri devant la petite grenouille et son visage épanoui. Il se penche vers Julie.

– Elle est pas magnifique, la grenouille?

Julie lui tapote l'épaule, amusée de son enthousiasme. Daphnée poursuit:

– Ce soir, pour donner un avant-goût, je vais vous les faire entendre. Je les ai enregistrées aujourd'hui. Elles vont chanter pour vous.

Daphnée s'est retirée dans l'ombre. Expert, Alexandre manipule ses boutons de console.

La voix d'une première baleine à bosse se fait entendre, belle et puissante. Puis d'autres voix lui répondent, se joignent à elle, avec chacune leurs phrases musicales, pour former le chœur le plus magnifique que l'auditoire ait jamais entendu.

Tout le monde écoute en silence, religieusement. Puis, soudain, des fusées multicolores éclairent le ciel de mille reflets devant les yeux éblouis des spectateurs! Dans l'ombre, un employé de l'auberge, complice des enfants, allume les pièces pyrotechniques une à une. Pendant que les feux d'artifice se marient aux chants des baleines, le bruit des vagues et l'air marin viennent magnifiquement compléter le spectacle sons et couleurs...

Doucement, presque imperceptiblement, Anne a repris la mélodie des baleines au synthétiseur. Daphnée s'est approchée d'elle. Elle colle sa flûte à bec à ses lèvres, sérieuse, concentrée. À chaque phrase musicale de «ses» baleines, elle répond par une douce mélodie qui monte dans la nuit. Les spectateurs sont subjugués. Marcel a fermé les yeux. Il est totalement transporté dans un autre monde. Il a penché sa tête sur l'épaule de Julie, il murmure:

– C'est beau! C'est trop de beauté pour une seule journée! J'ai le cœur qui va éclater.

Julie lui serre la main.

Personne n'a remarqué que «grand-papa» Hector est venu s'asseoir à une table dans l'ombre, au fond de la terrasse. Il écoute la musique, les yeux rivés sur Daphnée. Les larmes emplissent ses yeux. Il est triste, désemparé, malheureux. Il n'a pas vu Lorraine et Charles, les parents de Daphnée, qui écoutent le concert de loin. Lorraine serre le bras de son mari. Elle pleure doucement:

– Ça se peut pas que tout ça prenne fin. C'est comme un mauvais rêve...

Insouciante, inconsciente du danger qui la guette, Daphnée continue d'égrener ses notes claires qui flottent comme autant de petites bulles au-dessus du chant grave des baleines. Elle est dans un autre monde, son monde à elle...

Chapitre 3

Très tôt, le lendemain matin, Julie est sortie de sa chambre sur la pointe des pieds pour ne pas réveiller Marcel. Son petit sac de toile en bandoulière, elle descend lentement dans le magnifique jardin de l'auberge. Elle se promène dans les allées fleuries, s'arrête pour respirer l'odeur d'un bouton de rose, admire la goutte de rosée qui perle sur les pétales fragiles d'un lys blanc. La lumière du petit matin est rose. Elle illumine non seulement le ciel mais la mer qui a pris la même teinte douce. Le soleil n'est pas encore levé. Julie s'avance sur une passerelle qui surplombe les rochers et la mer. Elle est fascinée par le paysage. Elle tire de son sac ses crayons et son carnet de dessins. À traits rapides, elle reproduit des formes, des couleurs sur son papier blanc.

Tout à coup, en bas, parmi les rochers, une ombre attire son attention. C'est Daphnée! La fillette est seule, debout face à la mer, les yeux fermés. On sent qu'elle écoute, qu'elle attend. Puis, soudain, le premier rayon du soleil éclate au-dessus de l'horizon. Une lueur dorée se mêle aux reflets roses et éclaire le visage de Daphnée. Ses longs cheveux roux brillent comme du cuivre au soleil. Julie est envoûtée par la beauté du spectacle et par Daphnée. Elle reprend son crayon, et rapidement ses feuilles se couvrent de dessins. Mais soudain Daphnée a disparu. Julie l'aperçoit quelques instants plus tard qui court en sautillant sur la plage. Elle se dirige vers son anse et son ami Elvar...

Julie revient lentement vers l'auberge. Marcel dort toujours à poings fermés. Elle se penche vers lui et commence à lui siffloter doucement dans l'oreille. Il ouvre les yeux, sourit:

– Je rêvais à toi.

– Ah oui? Et alors?

– Tu dansais...

– Vraiment? dit Julie en riant.

– Eh oui! Et moi je suis grimpé dans un arbre pour t'admirer. Et toi, tu as continué de danser, mais dans les airs, juste devant mon nez!

Julie rit. Tout en l'écoutant, elle a sorti son carnet de dessins et le feuillette:

– Regarde. J'ai fait des croquis pendant que tu dormais.

Marcel a pris le carnet. Il examine les dessins que Julie a faits de la mer bleue, du ciel rose, de la petite grenouille aux cheveux flamboyants.

– Je l'ai vue par hasard, explique Julie. Au début, elle était complètement immobile. Je ne sais pas combien de temps je suis restée là. Ensuite, elle m'a expliqué: «Tu sais, j'aime ça jouer à faire lever le soleil...» Et je t'avoue, j'ai eu l'impression que c'était vraiment elle qui faisait lever le soleil. Et puis, elle a ajouté quelque chose d'étrange, elle a dit: «J'aime ça capter l'énergie du soleil quand il se lève.»

Marcel a les yeux rêveurs. Il est ébloui:

– C'est beau, dit-il doucement.

– Moi je pense que c'est plus que ça, dit Julie.

Marcel hoche la tête, sourit:

– J'ai jamais vu une grenouille aussi fascinante. Et j'ai l'impression qu'elle n'a pas fini de nous étonner.

Les deux amoureux descendent à la salle à manger pour prendre leur petit déjeuner.

Mais Daphnée a fini le sien depuis belle lurette. Elle est déjà installée dans son zodiac avec Anne. Elle est prête pour l'expérience, tout son équipement est en place. À demi plongé dans l'eau, un cylindre métallique est solidement attaché au bord du zodiac.

– Tu vas voir, assure Daphnée.

Anne a préparé son magnétophone.
Elle ajuste les écouteurs sur sa tête et
plonge l'hydrophone dans l'eau. Elle
écoute un moment. Daphnée prend
une autre paire d'écouteurs reliés au
magnétophone. Elle demande:

– Les entends-tu?

Anne écoute un moment, secoue la
tête:

– Non, rien.

– Mais écoute bien. Elles sont là!

Anne est intriguée:

– T'es sûre?

Daphnée hausse les épaules,
presque offusquée:

– Ben évidemment, je suis sûre!

Daphnée a sorti sa flûte à bec de son sac. Elle la place à l'intérieur du cylindre plongé dans l'eau, puis lance trois notes. Elle attend un moment, les écouteurs serrés sur ses oreilles, puis elle éclate de rire. Anne la regarde, légèrement frustrée:

– J'entends rien du tout...

– Tu écoutes pas bien, Anne, s'exclame Daphnée. On dirait qu'elles ronflent! Attends, je vais te les réveiller ces paresseuses-là!

Elle reprend sa flûte et, de nouveau, plus fort, elle lance les trois mêmes notes. Anne écoute, attentive. Puis soudain, elle sursaute.

– Tu vois? Je te l'avais dit...

Elle reprend les trois mêmes notes et, cette fois, la réponse leur arrive aussitôt, claire, distincte. Une baleine à bosse a répondu. Les deux premières notes sont identiques à celles de Daphnée, mais la troisième est différente.

Daphnée continue le jeu, enthousiaste. Elle recommence les mêmes notes, la baleine répond, en variant toujours la troisième note. Daphnée en joue cinq. La baleine aussi: quatre identiques, une différente. Daphnée éclate de rire.

– Elle est aussi obstinée qu'Elvar. J'ai essayé de lui faire changer sa note hier. On s'est chicanées pendant une demi-heure.

– Pourquoi? Elle n'aime pas cette note-là? demande Anne.

– Elle aime la note, mais elle n'aime pas où je la place. Regarde bien.

Daphnée reprend sa flûte. Elle reprend, cette fois, les trois premières notes de la baleine, puis en ajoute trois autres en plaçant la sienne en dernier.

La baleine répond immédiatement, relançant les six notes que Daphnée vient de jouer. Elle regarde Anne:

– Tu vois?

Anne n'en finit pas d'être émerveillée par le don étrange de Daphnée. Comment peut-elle entendre une telle gamme de sons? Et elle n'a même pas l'air de s'apercevoir qu'elle est spéciale. Anne rit:

– On dirait bien que tu as déniché le plus gros professeur de flûte au monde, hein?

– Oui, et le plus fin aussi. Je l'ai appelé Bémol!

Mais déjà Daphnée range son équipement:

– Eh, faut que je remonte à l'auberge. Alexandre m'attend, il va être furieux. On n'a pas fini de préparer l'excursion des touristes...

Daphnée a les yeux espiègles de quelqu'un qui prépare un mauvais coup. Anne est habituée. Elle sourit et ramasse lentement l'équipement pendant que Daphnée grimpe la colline en courant.

* * *

Une cinquantaine de touristes sont déjà rassemblés devant le perron de l'auberge. Charles, le père de Daphnée, est avec eux. Il leur explique le programme de la journée.

– L'auberge vous propose deux excursions, aujourd'hui. D'abord, une balade en mer, pour ceux qui ont le pied marin... On ne peut jamais promettre, parce qu'elles sont capricieuses, mais il est très probable que vous aurez l'occasion de voir des baleines à bosse.

Dans le groupe, une petite fille a levé la tête vers son père. Elle a l'air déçue. Elle crie:

– Moi, je veux voir les baleines qui font de la musique!

Tout le monde rit, surtout ceux qui ont assisté au spectacle de la veille. Le père de Daphnée la rassure:

– Mais oui, ma puce. Tu vas les voir tes baleines à musique.

Charles continue:

– Et pour ceux qui préfèrent demeurer sur la terre ferme, nous proposons une excursion à l'un de nos plus beaux sanctuaires d'oiseaux de la région...

* * *

Daphnée se dirige rapidement vers le garage-laboratoire d'Alexandre. Elle aperçoit grand-papa Hector qui s'approche de sa voiture avec un homme qu'elle ne connaît pas. Elle court vers lui:

– Bonjour, grand-papa Hector. Vas-tu en mer avec les touristes?

– Tu sais bien que j'ai jamais eu le pied marin... Je ne suis pas comme toi...

Daphnée fait la moue:

– T'as jamais essayé sérieusement, non plus. Ça s'apprend, ça.

Daphnée s'éloigne déjà en courant. Une ombre passe sur le visage de monsieur Paquet. Il hésite un moment, puis il crie:

– Daphnée!

Elle tourne la tête sans s'arrêter.

– Viens ici, une seconde, j'ai quelque chose à te dire.

– Pas tout de suite, grand-papa, lance Daphnée. Si je suis pas là dans une seconde, Alexandre va faire un infractus.

– Un infarctus, I N F A R C T U S, corrige monsieur Paquet en souriant.

Elle hausse les épaules:

– Je ne sais pas, mais en tout cas, ça va aller mal.

Daphnée a disparu. Elle rejoint Alexandre, qui trépigne d'impatience:

– Qu'est-ce que tu fais? On sera jamais prêts à temps!

– O.K., O.K., j'étais avec Anne. Qu'est-ce que t'as trouvé?

Alexandre presse le bouton de son appareil:

– Écoute ça.

On entend le meuglement lugubre d'une vache. Alexandre est tout content de lui. Daphnée fait la grimace:

– Ouais, c'est une idée, mais t'as pas quelque chose de plus pété?

Un peu déçu, Alexandre hésite un instant. Il fouille dans sa boîte de cassettes. Tout à coup, il a un petit sourire malicieux:

– Ben sûr que j'ai quelque chose, mais je pense que t'aimeras pas ça.

Daphnée est intriguée:

– Pourquoi? Qu'est-ce que c'est?

– C'est la fois où t'as essayé d'imiter Madonna!

Alexandre a sorti la cassette «Madonna» et la brandit dans les airs. Il part à la course dans le fouillis du garage, en enjambant les boîtes. Daphnée part derrière lui en riant:

– Non, non, pas ça!

Alexandre court vite, mais son bras dans le plâtre lui enlève un peu de son agilité habituelle. C'est pas facile de grimper sans l'aide de ses mains. Daphnée le rattrape et lui arrache la cassette:

– Excité! C'est toi qui vas nous mettre en retard maintenant avec tes folies...

Alexandre revient aussitôt à sa boîte de cassettes. Il en prend une et lit la liste qu'il a inscrite sur le côté:

– Tiens, lequel tu veux? J'ai un coup de tonnerre... un cri de hibou... un camion de pompier... le chant des cigales... le rire du Père Noël...

Daphnée écoute distraitement. Elle met le magnétophone en marche:

– As-tu enregistré nos phrases?

– Oui, oui, dit Alexandre en choisissant une autre cassette dans sa boîte.

Daphnée s'est approchée de la fenêtre ouverte. Elle aperçoit Julie et Marcel qui marchent lentement dans une allée du jardin. Elle crie:

– Hou-hou!

Alexandre sursaute. Il échappe sa cassette. Il voit sa sœur qui fait de grands signes de la main.

– C'est Marcel et Julie. Ils sont super gentils.

Alexandre fronce les sourcils. Il s'impatiente:

– Daphnée, si tu continues, on va les manquer, pis moi, j'aurai travaillé pour rien.

– D'accord, d'accord.

– As-tu trouvé?

– Oui, j'ai trouvé, tu verras... Vite, aide-moi à emballer mes trucs.

76

* * *

Daphnée ne pouvait pas se douter que Marcel et Julie étaient justement en train de parler d'elle. Ils venaient tout juste d'apprendre la triste nouvelle de la mère de Daphnée. Marcel était complètement chaviré:

– Pauvre petite, elle ne se doute de rien.

– Sa mère m'a dit qu'elle lui en parlerait ce soir.

Marcel s'est arrêté. Il vient soudain d'avoir une idée. Il prend l'allée du jardin qui mène vers l'anse.

– Je vais quand même aller prévenir Elvar.

Julie ne peut pas s'empêcher de rire:

– Mais voyons, Marcel!

Sérieux, Marcel se retourne. Il explique à Julie, comme si c'était de la dernière évidence:

– Il y a peut-être juste lui qui va pouvoir lui apprendre sans trop lui faire de mal. Et puis, ça le concerne, lui aussi, non?

Il a l'air infiniment malheureux. Julie vient le rejoindre. Elle a aussi envie de rire qu'elle est émue. Elle le prend par le cou:

– Un fou! J'suis en amour avec un fou!

Elle l'embrasse. Marcel recule, un peu intimidé, peut-être conscient qu'il est un peu fou, mais il ne peut pas s'empêcher:

– Je reviens tout de suite!

Il dévale la pente en courant. Julie crie:

– Oublie pas l'excursion en mer! Je veux les voir, moi, ces fameuses baleines à bosse.

– Je te rejoins au quai, lui lance Marcel sans s'arrêter.

Il arrive dans l'anse à bout de souffle. Il regarde, il écoute. Pas d'Elvar. Il avance au bout du petit quai de bois, s'agenouille. Il tapote l'eau doucement et appelle:

– Elvar, Elvar, viens, j'ai à te parler.

Il attend, recommence. Soudain, venu de nulle part, Elvar sort la tête de l'eau, à deux pas de Marcel. Il veut jouer, comme d'habitude. Mais Marcel ne rit pas. Il n'a pas de poissons à lui offrir.

– Elvar, écoute-moi. Il se passe des choses très, très graves...

Elvar se tient droit sur sa queue au bout du quai. Il observe Marcel.

– Elvar, ils veulent vendre l'auberge, tu m'entends? Vendre l'auberge!

Elvar émet une série de petits sons stridents. Il plonge, disparaît sous l'eau. Marcel est désespéré:

– Elvar, tu m'as entendu? Il faut que tu expliques à Daphnée...

Elvar a ressurgi. Il observe Marcel qui continue:

– Il faut que tu lui parles en douceur, Elvar. Il ne faut pas la brusquer...

* * *

Les enfants ont terminé leurs mystérieux préparatifs. Ils sortent du garage avec un gros sac de toile. Ils sont pressés.

– J'espère qu'ils seront nombreux et que j'aurai pas travaillé pour rien, dit Alexandre.

Daphnée lui lance un coup d'œil en coin:

– Tu veux dire qu'ON n'aura pas travaillé pour rien!

– Ouais, ON, concède Alexandre avec un petit sourire moqueur.

Daphnée n'a rien vu, elle continue:

– Je les ai vus partir tantôt avec Bernard. Ils sont une trentaine: des vieux, des jeunes, des petits, des gros... De toute façon, nous aussi, on en a pour tous les goûts!

Les enfants sont pris d'un magistral fou rire. Ils arrivent à la plage. Ils placent leur gros sac de toile dans le bateau avec grande précaution. Agile, Daphnée saute de l'embarcation et tend la main à Alexandre. Elle démarre le moteur, mais tout à coup, elle s'arrête. Alexandre demande:

– Qu'est-ce qui t'arrive? Tu cales le moteur maintenant?

80

Daphnée ramène le bateau vers la plage et pointe du doigt:

– Non, non, regarde, c'est Marcel et Julie, là-bas!

En effet, Marcel et Julie s'amènent en courant vers la plage. Ils n'ont pas vu la chaloupe d'Alexandre à moitié dissimulée derrière les rochers.

– Vite, Julie, il faut attraper le bateau des touristes!

Pour toute réponse, Julie pointe du doigt en direction de la mer. Marcel lève la tête et aperçoit le bateau de l'auberge qui s'éloigne sur la mer. Il s'arrête net, complètement dépité:

– Ah non, c'est pas vrai...

Julie le console:

– C'est pas grave, Marcel, on se reprendra demain.

Ils marchent lentement. Alexandre s'impatiente:

– Appelle-les, Daphnée! On perd du temps.

– Pas la peine, répond Daphnée, on va les attendre.

Marcel et Julie ne sont plus pressés, maintenant. Ils prennent tout leur temps.

– Tu as vu Elvar? demande Julie en

jetant un coup d'œil ironique sur le pantalon mouillé de Marcel.

– Oui, je l'ai vu. J'ai essayé de lui parler, mais il pensait seulement à jouer. Je sais pas s'il m'a compris...

Il s'aperçoit tout à coup que son pantalon est encore mouillé. Il a vu le petit sourire de Julie. Il explique timidement:

En revenant, j'ai pris un raccourci dans le jardin. J'ai pas vu le petit ruisseau...

Julie le prend par la main, lève la tête vers la mer, puis s'exclame:

– Eh, regarde! C'est Alexandre et Daphnée...

Ils descendent vers la plage en courant. Alexandre est de plus en plus impatient. Daphnée est morte de rire:

– Papa vous a oubliés?

Marcel fait une petite moue.

– Tu vas voir ce que je vais lui dire ce soir!... Venez-vous avec nous?

– Où ça? demande Julie.

– À la presqu'île aux oiseaux, répond Alexandre en s'apprêtant à repousser la chaloupe à l'eau malgré son bras dans le plâtre.

Marcel montre le sac de toile dans le fond de la chaloupe:

– Vous allez en pique-nique?

Le frère et la sœur se regardent en riant.

– C'est pas tout à fait ça, dit Daphnée. Venez-vous?

Il ne viendrait jamais à l'idée de Marcel de refuser une invitation de Daphnée. Il est déjà dans la chaloupe et tend la main à Julie. Alexandre a pris la direction du bateau, il file vers le large à toute allure. La mer est calme aujourd'hui et Daphnée est particulièrement en forme. Marcel la regarde avec un pincement au cœur. Qui va lui annoncer la mauvaise nouvelle? Comment?

Certainement pas lui, il n'aurait jamais le courage. Il est inquiet, mais pour rien au monde, il ne voudrait troubler le plaisir de Daphnée. Il lui sourit.

Soudain, Daphnée pointe le doigt vers un petit point au loin sur la mer. Elle fait un signe à Alexandre. Il change de cap. Daphnée a sorti ses jumelles du sac de toile. Elle les tend à Marcel. Il regarde en direction du bateau. C'est un vieux et solide rafiot qui a fière allure malgré sa peinture écaillée. Il distingue le capitaine qui se tient debout sur le pont. La petite embarcation s'avance vers le bateau. Alexandre et Daphnée font de grands gestes.

– C'est grand-papa Thomas! s'exclame Daphnée.

Tout à coup, Alexandre aperçoit deux marins qui descendent un zodiac à l'eau. Trois hommes y descendent du matériel, puis y prennent place à leur tour.

– C'est l'équipe qui vient faire le reportage sur les baleines, dit Daphnée.

Alexandre a pris les jumelles et les observe à son tour. Il voit le zodiac qui s'éloigne du rafiot et file à vive allure sur les vagues. Leur direction semble inquiéter Alexandre. Il s'éloigne du rafiot à son tour. Il pique le nez de son bateau vers la presqu'île aux oiseaux.

* * *

À quelque distance de là, le bateau de touristes, conduit par le père de Daphnée, s'approche lentement d'un troupeau de baleines à bosse. C'est l'excursion que Marcel a ratée!

Rassemblées sur le pont arrière, une vingtaine de personnes observent le mouvement des immenses cétacés. Grands ou petits, les touristes sont tous fascinés, impressionnés, presque craintifs devant la majesté et la puissance de ces géants de la mer. Personne n'ose ouvrir la bouche. Leurs yeux ne sont pas assez grands pour tout voir. Les baleines sont aussi curieuses que les touristes. Elles s'approchent du bateau, l'entourent. Soudain, une immense baleine s'élance presque entièrement hors de l'eau. Elle tourne sur elle-même, vacille, étend ses longues nageoires et retombe avec fracas dans un formidable tonnerre d'écume. Tout se passe un peu comme si elle avait donné le mot d'ordre aux autres baleines. Une véritable danse s'ensuit. Deux, trois baleines à la fois répètent les mêmes prouesses. Pendant que l'une d'elles s'élance hors de l'eau comme un gigantesque monument, les autres l'accompagnent en frappant l'eau violemment avec leurs nageoires. Une autre vient de replonger. Seule sa large queue noire et blanche, gracieuse comme les ailes d'un immense oiseau, flotte encore au-dessus des vagues.

Charles essaie de se faire entendre au-dessus du vacarme:

– Chaque été, les baleines à bosse quittent les mers du sud et remontent vers le nord...

Les baleines entourent le bateau. L'excitation règne sur le pont autant que dans la mer. Les touristes vont d'un bastingage à l'autre. Ils ne veulent rien manquer. Charles attend que le calme se rétablisse.

– ... elles mettent environ un mois à faire le voyage. Elles choisissent les régions où la nourriture est la plus abondante...

– Qu'est-ce qu'elles mangent? demande une dame curieuse.

– ... surtout du krill. C'est une petite bête qui a la forme d'une crevette. Mais elles font aussi concurrence à nos pêcheurs. Elles mangent d'autres poissons comme le hareng, les petits maquereaux, etc.

– Elles les croquent? demande un petit garçon.

Tout le monde rit.

– Non, explique Charles, les baleines à bosse n'ont pas de dents. Elles ont des fanons, qui leur font comme une sorte de grosse passoire...

Mais de nouveau un immense jet

d'eau a jailli. Une autre baleine vient de s'élancer en tournoyant sur elle-même. Elle replonge. Charles s'écrie:

– Tiens, c'est Siamois! Daphnée la connaît bien...

Les gens le regardent avec de grands yeux incrédules.

– On peut vraiment les reconnaître? demande un vieux monsieur.

– Oh oui, explique Charles. À cause de leurs queues. Observez bien les dessins noirs et blancs. Il n'y en a pas deux semblables. C'est leurs empreintes digitales à elles. Beaucoup d'entre elles reviennent ici chaque année. Daphnée en a identifié plusieurs. Regardez celle qui vient de sauter là-bas, c'est Mirage!

Accoudés au bastingage, les touristes n'en finissent pas de s'émerveiller. Le bateau de Charles vogue doucement, ballotté par les vagues...

* * *

Pendant que Charles promène les touristes, Lorraine, la mère de Daphnée, est en train de préparer la salle à manger pour le repas du soir. Elle dispose les napperons sur les tables avec des

87

gestes mécaniques. Elle est perdue dans ses rêveries. Elle n'a pas remarqué la présence d'Anne qui vient d'entrer. Cette dernière s'approche de Lorraine et lui touche l'épaule.

– Je vais te donner un coup de main.

Lorraine sourit.

– Tu es gentille, Anne, merci.

Les deux femmes travaillent un moment en silence. Puis, presque à mi-voix, Anne dit:

– Lorraine, je voudrais te parler de Daphnée...

La mère la regarde, indécise. Anne sait que monsieur Paquet veut vendre l'auberge. Lorraine n'est pas d'humeur à parler de ça.

– Je sais, je sais, dit Lorraine. Je vais parler à Daphnée ce...

Mais Anne l'interrompt:

– Non, c'est pas ça, je voulais te parler d'autre chose.

Elle hésite un moment:

– As-tu déjà remarqué combien Daphnée semble entendre plus que les autres? Je veux dire, elle entend des sons que personne d'autre ne peut entendre...

Lorraine rit:

– Oui, bien sûr, je sais. Je me souviens, on avait un berger allemand. Daphnée n'avait pas trois ans. J'avais remarqué que, quand ils jouaient ensemble, ils s'arrêtaient en même temps, levaient la tête en même temps. On aurait dit qu'ils venaient d'entendre quelque chose que personne n'avait entendu... Elle a peut-être un don, j'imagine...

– Ça fait des années, continue Anne, que je viens ici. Ça fait des années que je l'observe et elle me surprend encore. Je n'ai jamais osé en parler parce que...

Lorraine éclate de rire.

– Parce que les enfants sont les enfants et qu'ils ont beaucoup d'imagination? Oui, attends d'en avoir et tu verras qu'il ne faut pas croire tout ce qu'ils racontent... Surtout ma grenouille! Elle vit dans son petit monde de fantaisie avec Elvar, ses baleines... et c'est bien ce qui m'inquiète avec l'auberge...

Anne est songeuse. Elle regarde Lorraine:

– Tu sais, je crois que Daphnée n'est vraiment pas comme les autres enfants...

Lorraine s'arrête un instant, hoche la tête. Elle réfléchit. Les deux femmes continuent leur travail en silence, chacune perdue dans ses pensées...

* * *

Les enfants et leurs invités arrivent à la presqu'île aux oiseaux. De sa main valide, Alexandre manie leur petit bateau avec dextérité. Il se faufile parmi les rochers plats qui s'avancent dans la mer. Il approche lentement du rivage. Plein d'enthousiasme, Marcel décide d'aider Alexandre à accoster le bateau. Il se lève, s'agrippe au bord de l'embarcation et glisse doucement dans l'eau avant même que Daphnée ait pu intervenir. Malheur! C'est plus profond que Marcel avait cru. Il se retrouve dans l'eau jusqu'à la ceinture. Les trois autres éclatent d'un immense rire sonore. Pauvre Marcel, il commence à être habitué à vivre dans des pantalons mouillés. Il fait la moue, hausse les épaules et sourit timidement. Une fois mouillé, aussi bien continuer. Il tire la chaloupe sur le rivage au milieu du rire général. Mais Marcel oublie vite le rire des autres devant la beauté du paysage. Julie aussi est impressionnée.

Éparpillés sur le rivage, une vingtaine de rochers pointent vers le ciel. On
dirait des petits menhirs. Chacun a sa
forme particulière et les villageois les
ont baptisés. Il y a l'ours, la tortue, le
vieillard, l'Indien, etc.

Ensemble, ils créent un monde de
rêve, presque irréel. Derrière les rochers
s'étend un vaste plateau, légèrement
surélevé et couvert de broussailles: c'est
le sanctuaire des oiseaux.

La bruyante arrivée des visiteurs les
a perturbés. Par centaines, ils s'envolent
au-dessus de leurs têtes. Ils virevoltent
un moment dans le ciel puis, le calme

rétabli, ils redescendent par douzaines se poser sur le sol.

Alexandre, le grand expert, est tout à fait dans son élément. Et il parlerait encore si Daphnée ne l'interrompait pas.

– Alexandre, il faut y aller...

Alexandre redescend sur terre, comme ses oiseaux.

– Ah oui, c'est vrai!

Les enfants reprennent leur sac de toile. Daphnée explique à Marcel, le doigt tendu vers un petit sentier:

– Tu vois? Vous prenez le sentier jusqu'à la petite source là-bas. Tu vas voir un autre sentier, tu marches cent mètres et tu t'arrêtes. Surtout, faites pas de bruit et rendus là, penchez-vous le plus possible.

Marcel est surpris:

– Comment, vous ne venez pas avec nous?

Daphnée a un petit sourire taquin:

– T'en fais pas, on va se revoir tout à l'heure.

Sans leur laisser le temps de répondre, Daphnée est partie en courant avec Alexandre. Ils se faufilent tous les deux parmi les menhirs, puis dispa-

raissent. Marcel et Julie n'ont plus qu'à suivre les instructions. Ils se dirigent vers la petite source en marchant lentement, sans bruit et à demi penchés.

Daphnée et Alexandre ont contourné un rocher. Ils aperçoivent soudain trois hommes qui, immobiles et silencieux, observent la mer. L'un deux, caméra à la main, est en train de filmer le rivage pendant que son voisin enregistre les sons.

Daphnée a reconnu aussitôt l'équipe de tournage qui était sur le rafiot de grand-papa Thomas. Alexandre et Daphnée s'arrêtent un moment puis,

93

sans bruit, ils s'avancent vers eux. L'un des hommes sursaute, se retourne:

– Eh, les enfants, restez pas ici!

Daphnée rit, espiègle:

– Voulez-vous filmer quelque chose de drôle?

Le caméraman arrête son appareil, très mécontent de se faire déranger. Il répond d'un ton sec:

– On vient de vous dire de pas rester là!

Daphnée n'est pas du tout impressionnée. Elle hausse les épaules et fait la grimace:

– Tant pis pour vous!

Elle attrape Alexandre par la main et reprend sa course vers le plateau. Alexandre, lui, est offusqué:

– Ils se prennent pour qui, ceux-là?

Daphnée lui lance un clin d'œil:

– T'en fais pas, on s'en occupera tantôt!

L'idée d'une vengeance possible fait rire Alexandre. Ils ont atteint l'escarpement du plateau. Ils grimpent sur un petit remblai et déposent leur sac de toile. De ses yeux vifs, Daphnée inspecte le plateau. Marcel et Julie ont, eux aussi, rejoint le sentier indiqué par Daphnée.

Pendant ce temps, de l'autre côté de la colline, Bernard s'avance à la tête de sa vingtaine de touristes. Il leur donne ses instructions:

– À partir de maintenant, il faudrait ramper aussi près du sol que possible...

Une grosse dame, coiffée d'un chapeau de paille jaune, orné d'une belle grosse plume rouge, le regarde, l'air totalement consterné. Bernard l'a vue. Il la prend en pitié:

– Bon, en tout cas, essayez de rester aussi près du sol que possible. Et surtout, en silence. Tout pour le silence... Je répète, silence et tout pour la surprise!

Bernard s'est mis à marcher à quatre pattes. Les touristes l'imitent tant bien que mal.

– Seuls vos yeux doivent dépasser la crête de la colline, dit Bernard. Et que les dames qui ont des chapeaux à plumes les enlèvent, s'il vous plaît. Il va y avoir assez de plumes comme ça!

La pauvre grosse dame à chapeau qui s'efforçait de marcher le plus bas possible est encore prise en défaut. Elle rougit un peu et enlève vivement son chapeau.

Les autres touristes se retiennent de rire, sauf quelques gamins que leurs parents poussent du coude.

– Chut! dit Bernard. Silence!

Le groupe a atteint la crête de la colline. Cachée derrière les broussailles, Daphnée vient de les apercevoir. Fébrile, elle se tourne vers Alexandre:

– Les voilà! Ils arrivent.

Alexandre se met aussitôt à compter à rebours, comme s'il s'apprêtait à faire la mise à feu d'une fusée. Il se concentre:

– Quatre... trois... deux... un!

Il presse un bouton sur son magnétophone. Un court moment d'attente, puis une musique s'élève et envahit le plateau. Une musique qui semble sortir tout droit d'un film de science-fiction.

Bernard s'est arrêté de marcher. Il tend l'oreille, intrigué. Les touristes l'entourent. On tente de repérer l'endroit d'où provient cette étrange musique.

Marcel et Julie se sont, eux aussi, arrêtés de marcher à quatre pattes dans leur petit sentier. Ils se relèvent et, en même temps, ils aperçoivent le groupe de Bernard à une vingtaine de mètres. Ils se regardent et comprennent aussitôt

ce qui se passe. Marcel a un large sourire amusé:

– La petite fouine, dit-il à Julie, qui
s'esclaffe à son tour.

Debout à son poste d'observation, les
jumelles bien ajustées sur son nez,
Daphnée observe les touristes et fait
son rapport à son frère:

– Ils sont arrêtés... ils cherchent
d'où ça vient.

Elle rit:

– Bernard se gratte la tête... Plus
fort, Alexandre, monte le son!

Alexandre tourne un bouton du magnétophone. La musique envahit tout le

plateau pendant quelques instants encore. Puis silence... Quelques secondes et la voix d'Alexandre se fait entendre:

– Mesdames et messieurs, aujourd'hui, nous avons le plaisir de parler à madame Cormoran... Madame Cormoran, bonjour.

– Bonjour, répond la petite voix flûtée de Daphnée, qui essaie d'imiter un oiseau.

– Madame Cormoran, reprend Alexandre, qu'est-ce que vous pensez des touristes qui viennent vous visiter?

Daphnée, qui joue à merveille le rôle de «madame Cormoran», répond:

– Des fois, je les aime, mais des fois je les haïs! Surtout quand ils viennent nous déranger en plein milieu d'un repas.

Elle continue d'une voix offusquée:

– ... on les dérange-tu, nous autres, quand ils mangent? Mais surtout quand ils font peur à nos petits bébés, là je les haïs! Ils se rendent pas compte qu'ils vont leur faire faire une dépression nerveuse ou bien un infractus?

Cachée à côté d'Alexandre, Daphnée fait la grimace en entendant sa voix sur la bande sonore. Elle se sent même un peu humiliée. Elle chuchote à Alexandre:

– Grand-papa Hector m'a dit que c'est pas comme ça que ça se dit, «infractus!».

Alexandre n'est pas très impressionné. Il la console à mi-voix:

– C'est pas grave, personne va s'en apercevoir.

Mais la voix de Daphnée continue:

– À part ça, ils marchent n'importe où. Il y en a même qui écrasent nos œufs. Dis-leur, Bernard, de faire attention. Puis toi aussi, fais attention où tu mets tes grands pieds!

Dès la première note de musique d'Alexandre, une volée d'oiseaux a disparu dans les airs et tous les touristes se sont figés sur place. Bernard aussi. Bien sûr, il a aussitôt reconnu les voix de Daphnée et d'Alexandre. Les touristes, eux, ne comprennent pas ce qui se passe. Ils s'interrogent les uns les autres à voix basse.

Un peu plus loin, toujours cachés dans leur petit sentier, Marcel et Julie écoutent les commentaires de Daphnée, un large sourire aux lèvres. Ils observent le mouvement des oiseaux qui décollent et sillonnent le ciel.

Le message de «Madame Cormoran» est terminé. Il est aussitôt suivi d'un cri percutant de Tarzan. Le vrai Tarzan, l'homme de la jungle. Inutile de dire que les quelques braves oiseaux qui étaient restés au sol déguerpissent à leur tour.

Bernard est furieux. Il se lève d'un bond, scrute les alentours. Il tente de repérer la cachette des enfants. Croyant l'avoir trouvée, il s'élance en courant dans le petit sentier. Il passe à un cheveu de buter sur Marcel et Julie, qui sont toujours accroupis. Il prend à peine le temps de s'excuser et fonce vers le rivage.

Mais sur le rivage aussi, un autre groupe est en colère. Encore une fois, l'équipe de tournage a dû interrompre son travail. L'homme à la caméra qui avait chassé les enfants cherche lui aussi d'où vient le tintamarre. Il est furieux.

– Merde! dit-il en regardant vers le plateau.

Du haut de la falaise, Bernard vient d'apercevoir le bateau d'Alexandre accosté sur le rivage. Il s'élance vers les rochers. Assise près d'Alexandre, les petites oreilles fines de Daphnée ont reconnu les pas de Bernard. Elle bondit aussitôt et court se cacher derrière un rocher.

Bernard arrive en trombe et s'arrête devant Alexandre. Pris par surprise, le garçon n'a aucune chance de s'enfuir. Il ferme aussitôt son magnétophone et, l'air coquin, lève son bras plâtré sous le nez de Bernard:

– T'as pas le droit de me toucher! chantonne-t-il.

Bernard fait la grimace. C'est pas l'envie qui lui manque. Il lève les deux bras au ciel et se tourne vers le rivage. Il aperçoit aussitôt une petite tache claire qui se dissimule à moitié derrière un rocher. La petite tache claire vient d'éclater de rire. Bernard fonce vers elle:

– Toi, ma roussette, tu vas me payer ça!

Une course folle s'ensuit. Rapide comme un poisson dans l'eau, Daphnée zigzague entre les rochers en poussant de grands cris comme si Bernard allait l'égorger. Mais la colère de Bernard est tombée depuis longtemps. Il est de plus en plus mort de rire lui aussi et il perd de la vitesse.

Daphnée est rendue sur le rivage, elle fonce vers la mer. Trop pressée, elle n'a pas vu les trois hommes de l'équipe de tournage. Ils viennent de recommencer à filmer. Sans le savoir, Daphnée traverse le champ de la caméra en criant. Les trois hommes s'arrêtent net. L'homme à la caméra est furieux:

– Merde! lance-t-il encore une fois à pleins poumons.

Et c'est au tour de Bernard de traverser le champ de la caméra en criant et en riant. Les trois hommes sont pantois. Ils regardent, éberlués, ce grand gaillard qui court après la fillette comme un gamin. Hélas! Ils ne sont pas au bout de leurs peines!

En effet, Daphnée vient d'apercevoir le zodiac des trois hommes. Elle n'hésite même pas une demi-seconde. Elle fonce vers l'embarcation et la pousse à l'eau. Les trois hommes n'en croient pas leurs yeux. Ils sont si interloqués qu'ils mettent au moins une seconde avant de commencer à hurler.

Daphnée a déjà éloigné l'embarcation d'un solide coup d'aviron lorsque Bernard arrive. Daphnée crie en riant:

– Viens me chercher!

Mais l'eau est fraîche et Bernard n'a pas plus envie que ça de se mouiller. Il n'est pas Marcel, lui!

Daphnée a déjà mis le moteur en marche lorsque les trois hommes s'amènent en courant. Elle s'éloigne en leur envoyant de gentils petits saluts de la main.

Bernard ne peut s'empêcher de rire. L'homme à la caméra n'a plus de voix. Les yeux grands ouverts, la mine allongée, il réussit à peine à murmurer un timide petit:

– Merde!

Bernard se retient de rire. Il ne veut surtout pas payer pour les mauvais coups de Daphnée.

Daphnée a déjà disparu sur la mer. Elle s'approche du vieux rafiot à vive allure. Debout sur le pont, grand-papa Thomas la regarde venir. Il a l'air intrigué. Il ne comprend pas très bien ce qui se passe.

Daphnée a éteint le moteur. Elle s'approche doucement du bateau, lance son câble à deux marins. Ils l'aident à grimper sur le pont. La fillette est de bonne humeur, enjouée:

– Allô, grand-papa!

Le capitaine la regarde en souriant. Il plisse ses petits yeux de vieux loup-marin et attend ses explications.

Daphnée n'hésite pas une seconde. Elle pointe le zodiac et dit:

– Une chance que je l'ai vu! Il dérivait au large pendant que les trois gars se faisaient rôtir sur la plage. Trois crapets-soleil!

Grand-papa Thomas ne l'a pas quittée des yeux, un petit sourire incrédule au coin des lèvres. Daphnée fronce les sourcils:

– Tu me crois pas?

Le vieux capitaine secoue lentement la tête:

– Eh non, je te crois pas!

Le visage de Daphnée s'éclaire d'un petit sourire angélique:

– T'as ben raison, grand-papa, dit-elle en lui sautant dans les bras.

– Allez, ma grenouille, viens reprendre ton souffle, dit grand-papa en l'entraînant dans la petite cuisine du bateau. Je vais te préparer un bon chocolat chaud.

Daphnée s'est installée dans un fauteuil devant la table. Elle attend son chocolat. Grand-papa dépose la tasse devant elle et s'installe à ses côtés. Daphnée avale une gorgée, puis demande:

– Tu sais, Anne m'a raconté qu'il y a très longtemps, les baleines et les dauphins vivaient sur la terre.

– C'est vrai, dit grand-papa, mais il y a très, très longtemps.

Daphnée a les yeux rêveurs. Elle pense à Elvar:

– Peut-être qu'un jour, c'est nous qui allons pouvoir vivre sous l'eau.

Daphnée se met à rire:

– Quand j'étais petite, je me disais que j'allais me marier avec Elvar.

Le capitaine sourit:

– Oui, je me souviens. Tu avais même demandé au curé s'il savait nager!

– Et puis, je voulais faire une grande fête sous l'eau, continue Daphnée. Et après, je serais partie avec mon amoureux.

Encore une fois, la fillette se perd dans ses rêves. Le capitaine l'observe un moment, tout attendri par sa drôle de petite sirène. Il dit:

– Je vais te raconter une histoire.

– Oh oui, s'exclame la fillette. J'aime bien quand tu me racontes des histoires.

Elle se cale, bien confortable, au creux du vieux fauteuil. Grand-papa Thomas allume sa pipe de marin. Il commence:

– Il y a quelques années, j'étais en expédition au large des Bermudes. Avec un grand savant. On avait remarqué que tous les matins, vers dix heures, il y avait une bande de dauphins qui se dirigeaient de l'autre côté de l'île. Ça nous intriguait. Alors un jour, on les a suivis. On s'est approchés doucement et on a vu des choses incroyables.

Daphnée n'a pas bougé un petit doigt. Elle l'écoute, fascinée.

– Et alors? demande-t-elle tout bas, comme pour ne pas briser le charme.

– Il y avait une quinzaine de dauphins, continue grand-papa. Ils étaient assis sur leur queue dans dix ou douze mètres d'eau, en cercle. Ils avaient l'air de discuter. Quand ils nous ont entendus, ils ont tourné la tête de notre côté. Mais ils n'ont pas bougé. C'était incroyable! Jamais je n'ai revu une chose pareille. Tu sais, personne ne nous a vraiment crus... Je ne me suis jamais pardonné de ne pas avoir apporté une caméra...

– Moi, je te crois, grand-papa, dit Daphnée en souriant.

Le capitaine rit:

– Oui, je sais, ma grenouille, dit grand-papa en sortant presque timidement d'un tiroir une aquarelle de la scène avec les dauphins.

La fillette regarde le tableau, fascinée:

– Tu sais, grand-papa, ça arrive souvent des réunions comme ça dans la mer...

– Comment tu sais ça, toi? demande le capitaine, étonné.

– C'est Elvar qui me l'a dit, répond Daphnée en riant. Il me raconte plein de secrets.

– Quelle sorte de secrets? demande le capitaine.

Daphnée sourit, taquine:

– Ah ça, je t'expliquerai ça quand tu seras assez jeune pour comprendre!

Ils rient tous les deux, heureux d'être ensemble, comme toujours.

* * *

Pendant que Daphnée et le capitaine causent, heureux et détendus, trois autres de nos personnages sont moins calmes. Sans son zodiac, l'équipe de tournage est en effet prisonnière sur la presqu'île aux oiseaux.

Ironiquement, c'est Alexandre qui va les tirer du pétrin en les ramenant au rafiot dans sa chaloupe. Il faut bien avouer qu'il y prend un malin plaisir. Pendant que les trois hommes l'aident à remettre son embarcation à l'eau et s'installent dans le bateau, Alexandre leur donne ses instructions comme s'ils étaient de petits enfants:

– Attention de ne pas trop vous pencher... C'est ça oui, vous êtes mieux de garder vos affaires sur vos genoux... Comme ça...

Les hommes fulminent en silence. Alexandre s'amuse à les consoler:

– Dans le fond, ça aurait pu être pire. Votre zodiac aurait pu partir à la dérive. Ça arrive des fois... Au moins, là, vous savez où il est.

Alexandre s'amuse comme un petit fou. Il démarre le moteur et met le cap sur le vieux rafiot de grand-papa Thomas qui, de son côté, poursuit calmement sa conversation avec Daphnée. Justement, elle vient de lui demander:

– Ça veut dire quoi «nomade»?

– Pourquoi tu me demandes ça?

– Parce que j'ai entendu papa hier soir. Il a dit à maman: «Thomas peut rien y faire, c'est un nomade!»

Le capitaine se met à rire:

– Un nomade, c'est quelqu'un qui voyage, qui reste jamais en place...

– Comme toi, s'exclame Daphnée.

– Eh oui, comme moi et comme Ulysse.

Daphnée ouvre de grands yeux:

– Ulysse? C'est qui ça?

– C'est un marin qui a vécu il y a très, très longtemps.

– Du temps où les baleines marchaient? demande la fillette.

Le capitaine éclate d'un grand rire.

– Un peu moins, quand même!

– Et qu'est-ce qu'il faisait, ton Ulysse?

Grand-papa raconte:

– Il voyageait sur les mers. Dans ce temps-là, tu sais, les gens croyaient aux sirènes. Des fois, ils les entendaient chanter. Elles chantaient tellement bien que les marins perdaient la tête, puis leurs bateaux allaient se fracasser sur les récifs. Ulysse, lui, il avait fait mettre de la cire dans les oreilles de tous ses marins pour ne pas qu'ils entendent les sirènes. Puis, il s'était fait attacher bien solidement au mât de son vaisseau. Comme ça, il a pu entendre le chant des sirènes sans perdre son navire.

Daphnée est fascinée. Elle murmure:

– Elles devaient chanter bien les sirènes de ce temps-là...

Le capitaine lui lance un clin d'œil:

– C'était peut-être des baleines à bosse...

Daphnée rit. Soudain, elle se dresse sur son fauteuil. Elle tend l'oreille. Elle entend le ronronnement d'un moteur au loin. Grand-papa n'a rien entendu.

– C'est Alexandre qui vient, explique la grenouille.

Le capitaine se lève et va jeter un coup d'œil au hublot. Il voit la chaloupe d'Alexandre qui s'approche du rafiot. Il observe un moment en silence pendant qu'Alexandre accoste, aidé des trois hommes. Il jette un regard amusé vers Daphnée:

– Je pense que tu vas avoir de la visite.

La fillette a tout de suite compris.

– Les trois gars? demande-t-elle d'une petite voix inquiète.

Grand-papa Thomas fait signe que oui.

– Oh, oh, s'exclame Daphnée en se levant aussitôt.

Elle s'esquive en vitesse sur le pont arrière pendant que le capitaine s'approche du bastingage. Les hommes grimpent un à un, furieux. L'homme à la caméra a le regard noir. Il rage:

– Où elle est passée, la petite peste?

– Qui ça? demande le capitaine, l'air innocent.

– La petite sacripante! dit l'homme en regardant autour de lui sur le pont. Celle qui a pris mon zodiac à l'île Nue. Le zodiac n'est pas arrivé ici par hasard, monsieur.

Le capitaine le regarde d'un air sévère:

– Vous me tenez des propos auxquels je ne comprends absolument rien, dit-il. Vous fermez un œil en me parlant.

L'autre est éberlué:

– Je peux fermer l'autre aussi si vous voulez.

Le capitaine a peine à s'empêcher de rire.

– Non, non, dit-il, ouvrez-les, puis on va se parler dans les deux yeux...

Le pauvre homme commence à se poser des questions sur la santé du capitaine, mais il n'ose pas le contredire. Il explique patiemment:

– Écoutez, ce matin, on est partis d'ici avec un zodiac. On est allés filmer à l'île Nue.

– Et alors? demande le capitaine.

– Et alors? Il y a une petite fille que vous connaissez...

Le capitaine l'interrompt:

– Tout ça n'est pas très clair, cher monsieur.

Le ton monte. L'homme à la caméra s'exclame:

– Comment vous expliquez que le zodiac est arrivé ici?...

Le capitaine a l'air ébahi:

– Comment le zodiac est arrivé ici?

L'homme est furieux.

– Vous ne l'avez quand même pas trouvé sur l'eau à la dérive?

Tout à coup, le petit cri perçant d'un goéland lui fait tourner la tête. Il n'a pas vu Daphnée qui, cachée à l'arrière du rafiot, se penche légèrement à tribord. Elle lance de nouveau son petit cri.

Aussitôt, Alexandre lève la tête. Il a compris. Avec dextérité, il manœuvre son bateau et vient se placer juste au-dessous de Daphnée. Elle enjambe le garde-fou. L'homme vient de l'apercevoir. Il fonce vers elle. Mais juste au moment où il va l'attraper, Daphnée s'agrippe à un cordage et se lance dans le vide. Elle glisse le long du cordage jusque dans la chaloupe d'Alexandre. Il démarre aussitôt. Les hommes les regardent s'éloigner. Ils n'en croient pas leurs yeux. Ils sont complètement abasourdis!

Un sourire amusé sur les lèvres, le vieux capitaine regarde sa petite sirène qui s'éloigne en lui faisant de grands signes de la main. Il est heureux et de fort belle humeur. Il ne sait pas encore qu'au village, son frère Hector vient de prendre une grave décision qui risque fort de compromettre le bonheur de Daphnée...

* * *

Chapitre 4

Justement, Hector Paquet vient d'arriver au quai du village où est amarré le bateau de l'auberge. Le père de Daphnée est dans la cabine, en train de faire des réparations. Monsieur Paquet monte le rejoindre. Charles n'est pas d'humeur à causer. Il continue de travailler en silence. Grand-papa Hector se tient dans un coin, plutôt mal à l'aise. Sans le regarder, le père de Daphnée dit:

– Oui, je sais. Lorraine m'a parlé, hier soir.

Le silence retombe, lourd. Charles poursuit son travail un moment, puis il tourne la tête vers son patron.

– Je ne comprends pas...

Sa voix est polie, mais froide. Il se

115

remet aussitôt à son travail. Il parle sans regarder monsieur Paquet.

– Les affaires vont bien. Il y a de plus en plus de touristes...

– C'est vrai, l'interrompt monsieur Paquet. T'as pas à t'inquiéter, Charles. Ça ne change rien pour vous. Vous allez pouvoir continuer à travailler à l'auberge.

Charles a levé la tête. Son ton est catégorique:

– Je ne m'inquiète pas, monsieur Paquet. Je ne suis pas intéressé, un point c'est tout. Qu'est-ce que je ferais sur un terrain de golf? Ou dans un casino?

Monsieur Paquet a rougi, mal à l'aise. Les deux hommes ont tourné la tête en même temps en entendant le bruit de moteur au loin. Daphnée et Alexandre viennent de pénétrer dans la petite baie. Ils approchent la chaloupe du rivage. Les enfants ont vu le bateau eux aussi et ils font de grands gestes à leur père. Il soupire, aussi triste qu'angoissé.

– Qui est-ce qui va lui annoncer la nouvelle, à la petite? demande-t-il d'un ton acerbe.

Monsieur Paquet ne répond pas. Ses yeux se voilent. Le père continue:

– Et son dauphin? C'est sûr qu'avec leur projet de marina et tous les travaux qu'ils veulent faire sur la rive, on n'est pas près de le revoir, celui-là!

Monsieur Paquet a l'air d'un chien battu. Il quitte le bateau sans dire un mot.

* * *

Toujours insouciante du danger qui la guette, Daphnée est allée rejoindre Elvar. Alexandre et son copain Capelan y sont aussi. Il fait un temps magnifique et Daphnée est de fort bonne humeur. Elle raconte à Elvar le mauvais coup qu'ils ont fait à Bernard. Elle nage, plonge, batifole dans l'eau avec son dauphin. Soudain, Capelan klaxonne bruyamment avec la flûte de bicyclette qu'il tient dans sa main. Elvar a sorti sa tête de l'eau. Le garçon l'appelle:

– Viens ici, Elvar.

Attiré par le son du klaxon, Elvar s'est approché du quai. Daphnée est quelque peu ennuyée de se faire déranger. Elle nage à son tour vers le quai:

– Qu'est-ce que tu fais là? demande-t-elle à Capelan.

C'est Alexandre qui répond à sa place:

– On veut lui apprendre des tours. J'ai vu ça à la télévision, l'autre jour.

– Moi aussi, j'ai vu ça, renchérit Capelan. L'homme faisait comme ça, explique-t-il en lançant un puissant coup de klaxon. Et ensuite, il faisait ce qu'il voulait avec son dauphin.

Daphnée est offusquée. Elle se tient tout près d'Elvar comme pour le protéger.

– On n'est pas à la télévision ici, dit-elle à Capelan d'une voix ferme.

– Juste une fois, insiste Capelan.

– Pourquoi pas, Daphnée? demande Alexandre. Elvar, il adore jouer.

Daphnée n'en démord pas!

– Il n'a pas besoin d'apprendre des tours pour jouer. On n'est pas au cirque, ici.

Julie et Marcel s'amènent sur le quai. Ils viennent eux aussi se rafraîchir dans la mer. Daphnée les salue avec joie.

– Vous venez nager avec moi?

– Eh oui, dit Marcel. L'eau est chaude?

Daphnée rit:

– Chaude, chaude, ça dépend des goûts!

Elle a vu Julie qui jetait un coup d'œil au garçon avec le klaxon. Daphnée le présente:

– Ça c'est Roger, le copain d'Alexandre. Mais on l'appelle Capelan parce qu'il frétille tout le temps.

Marcel a sauté à l'eau. Il tend la main à Julie.

– Viens, c'est bon!

Julie rit:

– Pourquoi tu ris? demande Marcel, les cheveux mouillés qui lui collent au front.

– Parce que pour une fois, t'as de bonnes raisons d'être mouillé!

Tout le monde s'esclaffe. Même Elvar a l'air de s'amuser. Il s'approche de Marcel, qui n'est pas brave du tout, même s'il ne veut rien en laisser paraître.

– N'aie pas peur, Marcel, dit Daphnée. Il est tout à fait gentil, je te jure.

Marcel s'enhardit. Il caresse doucement Elvar, qui tourne autour de lui.

– Penses-tu qu'il peut me tirer moi aussi?

– Ah ça, c'est lui qui décide, dit Daphnée.

119

Marcel s'agrippe à l'une des nageoires d'Elvar.

Daphnée lui crie aussitôt:

– Fais attention de ne pas l'égratigner. Il a la peau très sensible, ça pourrait s'infecter.

Avec Marcel solidement agrippé à lui, le dauphin se met à nager doucement, comme pour ne pas l'effrayer. Marcel est ravi. Un sourire victorieux aux lèvres, il se laisse traîner par Elvar.

– C'est fantastique, Julie, dit-il en riant.

Soudain, sans prévenir, Elvar accélère, puis il effectue un brusque plongeon. Surpris, Marcel n'a pas eu le réflexe de lâcher prise. Il suit Elvar sous l'eau. Julie a un moment de panique. Elle regarde Daphnée comme pour implorer son aide. Mais elle n'a pas le temps d'ouvrir la bouche. La tête de Marcel sort de l'eau. Il a l'air à moitié étouffé, mais tellement fier de lui! Tout le monde éclate de rire. Le dauphin a fait demi-tour et il sort lui aussi la tête de l'eau, tout près de Marcel.

– Click, click, dit-il dans son langage de dauphin.

Marcel ouvre de grands yeux étonnés. Il se tourne vers Daphnée!

– Qu'est-ce qu'il a dit?

– Ben, il t'a dit «je t'aime», explique Daphnée, comme si c'était tout naturel.

– Tu te rends compte, Julie? Elvar m'a dit «je t'aime».

Marcel est tout ému. Il caresse le nez d'Elvar comme s'il venait de découvrir la huitième merveille du monde. Pour sa part, Julie ne sait plus trop si elle doit se sentir attendrie ou être morte de rire. Décidément, son Marcel de mari est un drôle de phénomène!

Mais l'arrivée d'Anne, la biologiste, coupe court aux hésitations de Julie. Elle vient d'arriver sur le quai et sermonne Daphnée en riant.

– Eh, mademoiselle grenouille, on n'avait pas dit que tu devais me rejoindre au laboratoire?

Daphnée, toujours à l'eau, fait une pirouette presque aussi belle que celles d'Elvar et disparaît. Julie demande:

– Elle devait travailler avec toi?

– Pas tout à fait, dit Anne. Je veux lui faire passer des tests d'audition. Vous pouvez venir si vous voulez.

Marcel et Julie ne se font pas prier. Ils grimpent sur le quai pendant que Daphnée revient lentement à la nage.

Bientôt, tout ce petit monde s'amène au laboratoire d'Anne. Elle a tout préparé. Penchée sur un émetteur, elle manipule ses boutons de commande. Des écouteurs sur les oreilles, Daphnée s'est installée sur un tabouret. Marcel et Julie sont assis au fond de la salle, attentifs à ce qui va se passer. Évidemment, Alexandre et Capelan ont suivi. Ils se bousculent un peu. Anne leur fait signe de se taire. Elle s'adresse à Daphnée:

– Concentre-toi. Je vais t'envoyer des signaux. Tu me feras un signe de la main quand tu ne les entendras plus.

Daphnée est prête. Elle ferme les yeux, se concentre. Anne touche un bouton puis, lentement, elle tourne une petite manivelle graduée. Un bruit se fait entendre, 5-10-15-, le bruit est si aigu qu'on n'entend plus rien, 20-25... Daphnée reçoit les signaux en silence, attentive. Anne ne la quitte pas des yeux. Elle tourne lentement la manivelle, 30-35...

Le silence dure un moment... 40... puis Daphnée lève la main:

– Je n'entends plus rien.

Elle regarde Anne et retire légèrement ses écouteurs. Anne vérifie ses cadrans avec soin. Elle murmure tout bas:

– Je l'aurais juré!

Daphnée rit:

– Qu'est-ce qu'il y a? J'ai coulé mon examen?

Anne lève les sourcils pendant que Marcel la regarde, fasciné.

– Il y a, ma belle, dit Anne, que tu es capable de percevoir des signaux d'une fréquence de quarante kilohertz.

Marcel ouvre la bouche et Julie le regarde d'un air médusé. Personne n'a l'air de comprendre son jargon. Alexandre est inquiet. Il s'informe:

– Ça veut dire que Daphnée est malade?

Daphnée hausse les épaules:

– Voyons donc, Alexandre!

– Et moi, alors, combien je peux entendre?

Patiente, Anne explique:

– Un être humain normal ne dépasse habituellement pas seize kilohertz.

Alexandre pousse un soupir de soulagement.

– Ouf, au moins, elle est pas malade, mais je l'ai toujours dit qu'elle était pas normale!

Daphnée lui fait une grimace. Elle revient à Anne, curieuse:

– Et les dauphins, eux, ils peuvent entendre combien?

– Cent cinquante kilohertz.

– Et les chats? demande Capelan.

– Les chats, c'est à peu près cinquante.

Daphnée applaudit.

– Les dauphins sont les champions!

– Pas tout à fait, dit Anne. La chauve-souris peut aller jusqu'à cent soixante-quinze.

Daphnée est déçue. Elle hésite un moment, puis:

– Oh, ça fait rien, il faut bien qu'elle ait quelque chose! Elle est petite et laide, ajoute-t-elle en riant.

Anne reprend les écouteurs.

– Merci, ma grenouille. L'examen est terminé pour aujourd'hui.

– Tant mieux, j'aime pas trop l'école, dit Daphnée en sautant de son tabouret.

Capelan tend la main vers les écouteurs et demande à Anne:

– Est-ce que je peux essayer, moi aussi?

– Toi? Tu dépasses pas cinq kilohertz, dit Alexandre avec un sourire moqueur.

– Quoi? demande Capelan, qui n'a pas compris.

– C'est exactement ce que je viens de dire, rétorque Alexandre en le tirant par le bras. Viens-t'en!

Les deux garçons filent vers la sortie. Alexandre crie:

– Tu viens, Daphnée?

– Oui, oui. J'arrive, crie Daphnée en ramassant ses effets.

Elle suit les garçons qui partent à la course. Marcel et Julie sont restés avec Anne.

Visiblement, l'expérience les a impressionnés. Julie demande:

– Ça veut vraiment dire qu'elle entend des choses que nous, on ne peut pas entendre?

– Elle perçoit certains signaux sonores, oui.

Marcel est de plus en plus ébahi:

– C'est incroyable!

Anne continue:

– Je sentais depuis longtemps qu'il

y avait quelque chose de particulier chez elle. Mais j'étais loin de me douter que...

Anne s'arrête, songeuse.

– ... j'ai parfois l'impression d'avoir affaire à une petite mutante.

Marcel et Julie sont trop impressionnés pour répondre. Ils regardent Anne sans trop comprendre ce qui se passe.

*   *   *

Pendant que les trois amis de Daphnée réfléchissent en silence, la fillette s'est amenée dans la cuisine de l'auberge en sautillant, comme toujours. Sa mère, aidée des deux cuisinières, s'affaire à préparer le repas du soir. Daphnée furète partout, reluque les plats, soulève les couvercles des marmites. Elle s'approche du four.

– Daphnée, crie sa mère, ouvre pas la porte du four!

– Mais non, dit Daphnée en riant. Je voulais seulement voir par la fenêtre. Je t'ai fait peur, hein?

Elle s'approche d'une table et plonge son doigt dans un grand bol de crème fouettée. Heureusement que sa mère n'a rien vu! Soudain, elle aperçoit monsieur Paquet qui passe devant la fenêtre avec deux inconnus.

– Eh, c'est grand-papa Hector!

Lorraine s'est retournée vivement vers Daphnée qui court vers la porte donnant sur la terrasse. Sa mère l'appelle d'une voix nerveuse:

– Daphnée!...

Le ton de voix inhabituel de sa mère surprend la fillette. Elle s'arrête brusquement et la regarde, étonnée. Un peu confuse, Lorraine ajoute plus doucement:

– Va pas déranger monsieur Paquet, ma grenouille.

– Je vais juste lui dire bonjour, répond Daphnée, qui a repris son aplomb.

Elle file de nouveau vers la porte. Sa mère la rejoint au moment où elle pose la main sur la poignée:

– Je te défends de sortir, dit-elle d'une voix catégorique.

Cette fois, Daphnée est sérieusement perturbée. Elle ne comprend pas. Elle se mord les lèvres.

– Va te changer, ma belle, on va manger bientôt.

– Pourquoi tu ne veux pas que je parle à grand-papa Hector? demande Daphnée, intriguée.

Debout devant la porte, comme pour en bloquer l'accès, sa mère la regarde sans répondre. Daphnée insiste:

– C'est à cause des gens qui sont avec lui?

Elle hésite un moment. L'inquiétude pointe dans sa voix.

– C'est qui ces gens-là?

– Je l'ignore, dit Lorraine, sans regarder Daphnée.

La fillette sait maintenant qu'il se passe quelque chose. Elle répond d'une voix dure, en fixant sa mère et en insistant sur chaque syllabe:

– Oui, tu le sais! C'est qui? répète Daphnée.

– Des hommes d'affaires, dit Lorraine en haussant les épaules.

Daphnée comprend de moins en moins.

– Quelle sorte d'hommes d'affaires? Qu'est-ce qu'ils veulent?

C'est au tour de Lorraine de se mordre les lèvres.

– Écoute-moi, Daphnée...

– Qu'est-ce qu'ils veulent? demande

encore la fillette de plus en plus angoissée.

Lorraine est pâle. Ses mains tremblent un peu. Elle dit presque à mi-voix:

– Ils vont acheter l'auberge...

La fillette reçoit la nouvelle comme un coup de massue. Elle s'est métamorphosée en statue de pierre. Elle fixe sa mère un long moment comme pour tenter de se raccrocher à la réalité. Elle se sent au fond d'un gouffre. Lentement, elle refait surface et peu à peu, les paroles de sa mère prennent tout leur sens.

– Tu veux dire l'auberge?... le terrain?... le bateau?... l'anse? Ils vont acheter tout ça?

Des larmes coulent lentement sur les joues de Lorraine. Elle fait signe que oui. Incrédule, Daphnée demande:

– Et nous? Et Elvar? Qu'est-ce qui va nous arriver?

Sa mère ne répond pas, elle regarde ailleurs. Soudain, Daphnée fonce vers la sortie. Elle referme violemment la porte. Elle court vers l'extrémité de la terrasse où monsieur Paquet et les hommes d'affaires sont absorbés dans leur discussion. Daphnée arrive en criant, les larmes aux yeux!

– Grand-papa! Grand-papa Hector!

Les deux hommes se sont retournés et regardent la petite fille, interloqués. Monsieur Paquet comprend très bien ce qui se passe en voyant la fillette affolée.

– Grand-papa, attends! crie encore Daphnée.

Mais son père qui arrivait au même moment a entendu crier Daphnée. Il voit les hommes au fond de la terrasse. Il part aussitôt à la course et attrape Daphnée au vol. Il la retient dans ses bras. Daphnée pleure maintenant à chaudes larmes. Elle crie:

– Papa! Va lui dire, papa!

Son père la serre contre lui sans rien dire. Il la ramène lentement vers l'auberge.

De loin, Marcel et Julie ont assisté à la scène. Ils sont consternés, désemparés. Ils aperçoivent monsieur Paquet au bout de la terrasse. Il fixe Charles qui s'éloigne avec la fillette. Il a cessé d'entendre ses «hommes d'affaires»...

Aussitôt rentrée à l'auberge, Daphnée s'est précipitée dans sa chambre. Elle claque la porte et s'enferme à double tour. Son père et sa mère échangent un regard où se lit l'impuissance.

*   *   *

La nuit est tombée. Tout est silence dans l'auberge. Tout le monde dort ou essaie de dormir. Daphnée, elle, est bien réveillée. Elle a revêtu des vêtements chauds et empli son sac à dos. Elle sort de sa chambre à pas de loup et se dirige vers la sortie. Elle referme la porte sans bruit. Furtivement, elle se faufile le long du garage et marche lentement vers le sentier du jardin qui mène à l'anse.

Seul Alexandre a entendu. De la fenêtre de sa chambre, il regarde Daphnée qui s'éloigne dans le jardin...

Daphnée s'est accroupie sur le quai. Elvar a senti sa présence et s'est amené aussitôt. Il nage sans bruit autour du quai. Il observe la fillette qui pleure doucement. Elle reste là un long moment, sans parler, sans faire un geste, puis elle monte dans son zodiac et s'éloigne lentement sur la mer calme sans même jeter un regard vers Elvar qui est resté, immobile, près du quai...

Chapitre 5

Le jour est à peine levé qu'Alexandre se précipite à l'anse avec un sac de poissons. Elvar est là. Il semble attendre quelque chose ou quelqu'un. Alexandre lui présente un poisson que le dauphin refuse. Il garde obstinément la gueule fermée. Le garçon lui parle doucement:

– Il faut que tu manges, Elvar.

Pas de réaction. Le dauphin lui tourne le dos. Alexandre lui lance le poisson. D'un geste vif, le dauphin l'attrape et vient aussitôt le déposer sur le quai. Il s'éloigne à nouveau. Alexandre essaie de le persuader de manger. Il est bouleversé, furieux. Il se relève en criant:

– C'est ça, rends-toi malade! Tu penses que ça va aider Daphnée?

La tête basse, il entre à l'auberge et croise sa mère qui s'informe, inquiète:

– Tu l'as vue? Comment elle est?

Alexandre sourit et ment avec aplomb:

– Elle s'amuse avec Elvar.

Lorraine est un peu soulagée. Elle soupire:

– Elle va bien? Elle t'a parlé?

– Oui, oui, répond Alexandre en s'éloignant, inquiète-toi pas.

Il s'est approché de la table où Marcel et Julie finissent de déjeuner en silence. Il a perdu son sourire. Il murmure:

– Ça va mal!

Marcel s'informe, inquiet:

– Daphnée trouve ça dur?

– Pas seulement Daphnée, Elvar aussi. Il refuse de manger. J'ai tout essayé.

Marcel s'est tourné vers Julie:

– Viens, on va les voir.

Alexandre l'interrompt brusquement:

- Daphnée n'est pas là!

Marcel a pâli. Il demande:

– Mais alors, elle est où si elle n'est pas avec Elvar?

– Si vous voulez la voir, je peux vous amener. Je sais où elle est.

Puis il ajoute timidement, comme embarrassé de montrer l'affection qu'il porte à sa sœur:

– Je pense que ça lui ferait du bien si vous veniez la voir.

Marcel a déjà bondi sur ses pieds:

– Viens vite, Julie!

Ils suivent Alexandre jusqu'à la chaloupe sans rien dire. Ils s'éloignent sur la mer en direction d'une petite crique qu'Alexandre connaît bien. Dès que le bateau s'est approché de la crique, Marcel a tout de suite repéré le zodiac de Daphnée. Alexandre explique:

– Elle est là-bas, dans sa cabane...

En effet, à quelque distance sur la plage, Marcel a aperçu une drôle de cabane, tout à fait à l'image de Daphnée. Elle est faite de deux coques de bateaux renversées qui s'appuient l'une sur l'autre. Un vieux rideau en dissimule l'entrée. De loin, on entend les notes claires de la flûte à bec. Marcel descend du bateau et tend la main à Julie. Elle sourit et fait signe que non. Elle dit doucement:

– Vas-y tout seul. Ça vaudra mieux. Je vais retourner avec Alexandre et t'attendre au village.

Marcel hésite un moment, puis il hoche la tête:

– Tu as peut-être raison... Merci, ma Julie.

Il se dirige lentement vers la cabane pendant que le bateau d'Alexandre s'éloigne sur la mer. Le son de la flûte s'amplifie. Marcel s'arrête à l'entrée de la cabane et écoute un moment. Puis il se penche et pénètre dans le repaire de Daphnée.

Il sourit en voyant l'aménagement de la petite pièce. Ça ressemble tellement à Daphnée! Quelques vieux coussins sur le sol, de beaux morceaux de bois léchés par la mer, ici et là des illustrations de baleines aux murs et des photos d'Elvar! Daphnée a allumé quatre grosses bougies. Accroupie sur le sol, elle n'a pas cessé de jouer lorsque Marcel est entré. Elle n'a montré aucune surprise, comme si elle l'avait attendu. Elle continue d'égrener ses petites notes claires, sans bouger, sans sourire. Elle ne regarde même pas Marcel qui s'est assis à côté d'elle et écoute la musique, comme s'il était dans une cathédrale. La fillette termine sa pièce musicale et dépose sa flûte à côté d'elle avec précaution. Elle tourne son petit visage sérieux vers Marcel.

Il est presque intimidé. Il la regarde avec douceur:

– Ça va mieux? demande-t-il tout bas.

Daphnée ne répond pas à sa question. Elle dit:

– C'est calme ici, hein?

Elle prend une grande respiration, comme pour s'emplir de l'air marin qui l'entoure.

– Chaque fois que j'ai de la peine, je viens ici.

Marcel comprend. Une ombre de

tristesse traverse son regard. Daphnée
la voit. C'est elle qui console Marcel:

– Ça va s'arranger, ne t'en fais pas,
dit-elle calmement.

Marcel demande:

– Qu'est-ce que tu vas faire?

Le plus simplement du monde,
comme s'il s'agissait d'une évidence ir-
réfutable, Daphnée explique:

– Je vais parler à grand-papa Hector.
Je suis sûre qu'il va comprendre. Je ne
lui donne même pas une semaine pour
changer d'avis, ajoute-t-elle avec un
petit rire.

Marcel est émerveillé par l'assurance
de Daphnée, mais pas du tout con-
vaincu. Il suggère:

– Pourquoi tu ne vas pas parler à son
frère, le capitaine?

Daphnée baisse la tête.

– Tu sais, ça fait des années qu'ils ne
se parlent plus ces deux-là. Ils sont
tellement différents...

Elle sourit et ajoute:

– ... ils sont pareils au moins sur un
point. Deux vraies têtes de cochon!

Marcel éclate de rire avec soulagement. Revoilà bien sa Daphnée! Elle
continue:

– Je vais organiser une grande parade avec les touristes et les gens du village. Tu vas m'aider?

Marcel est tout ému:

– Bien sûr! Sacrée grenouille, va!

Marcel sort de la cabane en tenant la fillette par la main. Ils montent tous les deux dans le petit zodiac. Marcel chantonne, toujours aussi faux, ce qui fait sourire Daphnée. Il est tellement heureux de la voir sourire qu'il serait bien prêt à lui chanter toutes les chansons fausses qu'elle veut pendant des heures!

Daphnée a mis le moteur en marche et son petit zodiac saute sur les vagues. Assis dans le fond, Marcel s'agrippe et ferme les yeux. Soudain, il sent le moteur qui ralentit. Il se croit rendu. Il ouvre les yeux pour s'apercevoir qu'ils sont encore en pleine mer. Daphnée a l'air inquiète, agitée. Il va ouvrir la bouche pour demander ce qui se passe, mais elle lui fait signe de se taire. Très concentrée, elle inspecte la mer. Marcel ne comprend pas, il suit tous les gestes de Daphnée avec attention. Elle change de direction, avance encore un peu, puis éteint le moteur. Tendue, elle écoute un moment. Marcel n'en peut plus. Il demande tout bas:

– Qu'est-ce qui se passe?

Encore une fois, la fillette lui fait signe de se taire. Marcel n'a plus qu'à obéir. Il l'observe, inquiet à son tour. Soudain, avec des gestes vifs, elle enlève ses espadrilles, son jean et son tricot. La voilà en maillot, qu'elle ne quitte d'ailleurs jamais, juste au cas... Elle se lève avec précaution et sans dire un mot, elle plonge dans les vagues. Marcel comprend de moins en moins. Il fixe le remous où Daphnée vient de disparaître. Il attend un moment, mais la fillette ne remonte pas. Il commence sérieusement à s'énerver. Le temps semble s'être arrêté... il se lève, regarde partout autour du zodiac. Rien! Juste au moment où il s'apprête à plonger, il aperçoit Daphnée qui jaillit de l'eau. Elle grimpe en vitesse dans le bateau, ses longs cheveux mouillés, collés à son front. Elle est essoufflée, nerveuse:

– Une baleine est en train de se prendre dans les filets des pêcheurs...

– Où ça? demande Marcel.

– À cinq ou six kilomètres d'ici, dit

Daphnée en remettant le moteur en marche.

Marcel s'est rassis, abasourdi par la vitesse à laquelle tout vient de se dérouler, comme un disque qui tourne trop rapidement.

Daphnée fonce vers le village.

– Qu'est-ce que tu vas faire? lui crie Marcel.

– Avertir la garde côtière, rétorque Daphnée.

– C'est grave? demande Marcel à pleins poumons.

– Oui, si la baleine s'énerve!

Mais la réponse de la fillette s'est perdue dans le bruit des vagues et du moteur.

– Qu'est-ce que tu dis? demande Marcel en criant plus fort.

– Je dis que quand la baleine s'énerve, elle gigote et se prend de plus en plus dans les filets. Elle casse tout. Il y a deux ans, les pêcheurs ont failli en tuer une.

Marcel hurle toujours:

– Pourquoi?

Patiente, Daphnée explique:

– Elle brisait tous leurs filets.

Soudain, elle fait une brusque manœuvre. Marcel a toutes les peines du monde à se tenir en équilibre, même s'il est assis dans le fond du bateau. Il tourne la tête et aperçoit le rafiot du capitaine. Le petit zodiac bondit sur les vagues comme s'il avait des ailes.

Daphnée accoste rapidement pendant que Marcel saisit un cordage et retient l'embarcation.

Penchés sur le garde-fou, le capitaine et quelques marins la regardent arriver. Daphnée crie aussitôt:

– Grand-papa, il y a une baleine prise dans les filets. Sur la côte, en face de l'île Nue.

Le capitaine comprend immédiatement. Il se tourne vers un marin:

– Appelle vite la garde côtière.

Le marin disparaît au pas de course. Le brouhaha a aussi attiré l'attention de l'un des membres de l'équipe de tournage. Il s'approche du bord et reconnaît la fillette. Il n'a pas encore digéré la blague qu'elle lui a faite hier. Il s'adresse au capitaine sur un ton sarcastique:

– Vous vous rendez pas compte qu'elle est encore en train de nous embobiner?

Le capitaine est furieux. Il lance un regard noir à l'homme et lui dit d'un ton sec:

– Si tu connaissais cette petite-là autant que moi, tu la fermerais.

Et il ajoute en se moquant de lui:

– D'ailleurs, si t'étais plus réveillé, tu avertirais tes copains d'apporter leur caméra!

Le ton du capitaine est sans réplique. L'autre le regarde, bouche bée. Soudain, il se rend compte qu'il se passe quelque chose pour vrai.

Il part en courant vers la cabine.

– Ti-Guy, vite, la caméra.

Mais le capitaine a d'autres chats à fouetter. Déjà, il a mobilisé ses marins. L'un d'eux est en train de descendre le zodiac du rafiot.

* * *

Pendant ce temps, sur la plage, tout près du quai du village, Julie attend que Marcel revienne. Pour tromper son angoisse, elle écoute Alexandre et Capelan qui babillent. Elle ne quitte pas le large des yeux. Elle pousse un soupir de soulagement lorsqu'elle aperçoit enfin le zodiac de Daphnée qui s'avance sur la mer. Elle s'approche tandis que l'embarcation accoste sur la plage. Elle s'aperçoit aussitôt que Marcel est seul. Son cœur fait un bond dans sa poitrine. Elle demande:

– Où est Daphnée?

Marcel la rassure aussitôt.

– Elle est partie avec le capitaine. Tu sais, celui qu'on a croisé l'autre jour? Ils vont essayer de secourir une baleine qui s'est prise dans les filets des pêcheurs. Tu viens voir ça?

Julie était tellement inquiète de Daphnée que le sort de la baleine ne semble pas la préoccuper outre mesure. Marcel insiste:

– C'est près de l'île Nue. Ce n'est sûrement pas très loin. Viens!

À bord du zodiac de Daphnée, Marcel et Julie se dirigent vers l'île Nue. L'embarcation du capitaine approche déjà des filets et de la baleine captive. Daphnée et deux membres de l'équipe de tournage l'accompagnent. Quelques barques de pêcheurs encerclent de loin la baleine.

Le capitaine manœuvre son bateau d'une façon experte. Il a réduit le régime du moteur, de manière à ne pas effrayer davantage la baleine prise dans les filets. Il avance très lentement, effectue un léger détour et vient s'arrêter à quelques mètres du puissant cétacé. Il éteint le moteur.

À genoux à l'avant du zodiac, Daphnée observe attentivement la baleine. Malheureusement, elle semble solidement prise. Sa tête est à demi sortie de l'eau. Elle souffle bruyamment, bouge par saccades. Ses mouvements sont brusques et rapides. Le capitaine vient rejoindre Daphnée à l'avant du zodiac. La fillette a l'air consterné.

– J'en étais sûre, dit-elle en fixant la baleine.

Le capitaine ne comprend pas.

– Sûre de quoi? Qu'elle était prise?

– Non, non, explique Daphnée, légèrement impatiente, c'est Bémol! C'est mon professeur de flûte!

Les deux hommes la regardent comme si elle tombait d'une autre planète. Ils ont revêtu leur équipement de plongée et s'apprêtent à descendre à l'eau avec leur matériel de tournage. Le capitaine intervient:

– N'y allez pas tout de suite, elle est trop nerveuse...

Daphnée approuve.

– C'est vrai, grand-papa. Attends, je vais essayer de la calmer.

Les deux hommes sont de plus en plus perplexes en voyant la fillette qui sort sa flûte à bec de son sac à dos. Ils n'arrivent pas à croire que le capitaine «marche» dans les fantaisies de la petite. Ils voient Daphnée qui, à genoux dans le zodiac, face à la baleine, commence à jouer une mélodie, la même qu'elle avait jouée avec Anne.

Les hommes n'en croient pas leurs yeux. Peu à peu, la baleine s'immobilise. Elle donne même l'impression d'écouter la mélodie que lui joue Daphnée. Puis elle se remet à bouger. La petite fille reprend sa courte mélodie, inlassablement, et lentement, petit à petit, la baleine s'apaise de nouveau.

Le capitaine n'a pas cessé d'observer l'enfant et la baleine. Sans les regarder, il fait signe aux hommes qu'ils peuvent descendre. Il chuchote:

– Doucement, lentement... Allez-y très lentement.

Les hommes acquiescent. Ils ont enfin compris! Ils se laissent glisser à l'eau avec le moins de gestes possible. Pendant d'interminables minutes, ils nagent autour de la baleine. L'un d'eux travaille à retirer les cordages qui

146

l'entourent, alors que l'autre tourne lentement autour de la baleine en lui parlant. Pas un instant, Daphnée n'a cessé de jouer. Les notes claires de sa flûte s'envolent jusqu'aux barques des pêcheurs qui se tiennent toujours à quelque distance. Les hommes observent l'opération avec angoisse. Les minutes s'éternisent...

Soudain, l'un des hommes remonte à la surface.

– Ça y est, dit-il, essoufflé, elle est libre!

Daphnée sourit. La baleine est toujours immobile, comme inconsciente de sa liberté retrouvée. La fillette se penche au-dessus du zodiac. D'une petite voix douce, comme ses notes de musique, elle murmure:

– Ça va, Bémol, tu peux partir!

La grosse tête bosselée de la baleine est tournée vers la fillette. Elle bouge lentement, comme pour tester sa liberté, puis elle tourne vers le large et s'éloigne doucement.

Le capitaine a pris Daphnée dans ses bras. Il la serre très fort contre lui.

– Ma drôle de petite sirène! dit-il en riant.

Des cris de joie s'élèvent des
barques des pêcheurs.

* * *

Marcel et Julie sont en difficulté.
Partis pour l'île Nue, ils ont filé à pleine
vitesse pendant un bon quart d'heure,
puis soudain, le moteur a calé. Ils sont
en haute mer. Marcel s'acharne maintenant à faire redémarrer le moteur.
Sans succès. Il tire, pousse, examine le
moteur sous tous ses angles, rien n'y
fait. L'embarcation dérive lentement. Le
rivage n'est plus qu'une mince ligne à

148

l'horizon. Aucun bateau en vue. Seul, le bleu du ciel et de la mer.

Assise au fond du zodiac, une grosse fleur rouge dans ses cheveux bruns, Julie regarde Marcel qui tente encore désespérément de faire démarrer le moteur. La sueur colle ses fins cheveux blonds sur son front. Il s'efforce de ne pas laisser paraître son inquiétude, mais ses gestes sont de plus en plus nerveux.

À bout de souffle, il s'assied près du moteur. Il marmonne:

– Ça m'apprendra à jouer au marin...

Il regarde Julie d'un air pitoyable:

– Je m'excuse, mon amour.

Julie sourit, rassurante.

– Allons donc! Comme si c'était de ta faute!

Maladroit, Marcel tente de blaguer.

– Pour un petit-fils de pêcheur, je ne me trouve pas tellement à la hauteur.

Malgré sa bonne volonté, Julie ne peut réprimer un frisson, sans trop savoir si c'est l'inquiétude ou le vent du large. Marcel l'a vue.

Aussitôt, il commence à retirer son chandail. Julie l'arrête:

– Mais non, Marcel, je n'ai pas froid.

Elle prend l'un des deux avirons au fond de la barque et le tend à Marcel:

– Tiens! Essayons avec ça... ça devrait nous tenir au chaud!

Marcel jette un coup d'œil vers le rivage, loin, très très loin à l'horizon. De plus en plus inquiet, il marmonne entre ses dents:

– On n'y arrivera jamais...

* * *

Pendant que Marcel et Julie grelottent, perdus sur la mer, c'est l'euphorie dans l'autre zodiac. Le capitaine arrive dans la baie. Daphnée chante à tue-tête. Même les deux hommes rient à gorge déployée. Ils connaissent Daphnée l'espiègle, ils viennent maintenant de découvrir Daphnée la petite sirène. Le zodiac accoste sur la plage. Le père de Daphnée, qui faisait de l'ordre sur le bateau de l'auberge amarré au quai, lève la tête. Il voit sa fille qui lui fait de grands signes de la main. Son sourire lui fait chaud au cœur et le rassure. Il vient à la rencontre du capitaine qui s'avance sur la plage. Celui-ci lui lance, joyeux:

150

– Tu vas être fier de ta grenouille, mon Charles!

Anne, déjà au courant des événements, s'amène sur la plage. Elle rejoint aussitôt Daphnée.

– Vous avez réussi! C'est merveilleux!

Daphnée sourit, contente.

– C'était Bémol! dit-elle.

Anne est estomaquée.

– Mais tu ne l'avais jamais vue?

– Non, mais je l'avais entendue, par exemple!

Le ton enthousiaste et la belle innocence de Daphnée font rire Anne. Elle serre la grenouille dans ses bras. La fillette poursuit:

– Je pense qu'elle m'a reconnue. Je lui ai joué son air, et...

Le cri d'Alexandre l'interrompt:

– Daphnée!

Elle tourne la tête et l'aperçoit qui s'amène en courant, hors de souffle. Elle va vers lui.

– Je t'ai cherchée partout! souffle son frère.

– J'étais en mer avec grand-papa Thomas.

Alexandre sautille nerveusement sur place.

– Ça va mal!

Daphnée le regarde, soudainement inquiète.

– Qu'est-ce qui se passe?

– Grand-papa Hector s'est enfermé avec les autres!

Daphnée a pâli. Elle avait presque oublié tout ce cauchemar. Elle demande d'une petite voix éteinte:

– Ceux qui veulent acheter?

– Oui, dit Alexandre, j'ai entendu maman dire qu'ils signaient le contrat!

– Maintenant? demande Daphnée, atterrée.

Alexandre fait signe que oui. La fillette serre les dents. Son petit visage est devenu blanc sous ses taches de rousseur. Elle se concentre très fort. Elle regarde vers la mer... Soudain, elle tourne la tête vers le capitaine qui bavarde plus loin avec son père. Elle file en courant vers eux. Sans même se rendre compte de ce qui lui arrive, le capitaine sent la main de Daphnée qui serre la sienne. Elle le tire de toutes ses forces:

– Grand-papa Thomas, viens!

Il la suit dans sa course. Pendant que les autres, interloqués, les regardent

partir, Daphnée explique au capitaine ce qui est en train de se passer à l'auberge. Sa grosse voix résonne sur la plage.

Il rugit:

– Ah ben, tonnerre! Ça se passera pas comme ça!

Il s'est arrêté tout net. Il saute sur place comme un ours enragé. Il revient à toute vapeur vers son zodiac. Daphnée l'arrête.

– On va prendre le camion de papa. Ça va aller plus vite.

Ils repartent à la course vers le camion. Déjà elle a sauté à l'intérieur. Elle crie:

153

– Les clés sont dans le cendrier!

Alexandre et Capelan ont deviné. Ils arrivent à toute vapeur et sautent dans la boîte du camion au moment où le moteur démarre.

Abasourdi, le père de Daphnée n'a pas eu le temps de faire un geste. Il voit son camion qui s'éloigne et reste cloué sur place, les deux pieds dans le sable. Il entend vaguement Daphnée qui lui crie par la fenêtre:

– Ça sera pas long, papa. On a une grosse urgence.

Sa voix se perd dans le tintamarre. Les deux garçons voient Charles qui, furieux, s'élance à la poursuite du camion. Il s'arrête soudain près d'Anne et la regarde, éberlué.

Au volant du camion, le capitaine roule vers l'auberge... un peu trop vite. Mais pas assez pour Daphnée, qui est très inquiète. Pour sa part, grand-papa Thomas est tout simplement furieux. Il grommelle à voix basse.

*   *   *

Dans le petit bureau attenant à la salle à manger de l'auberge, deux

154

hommes d'affaires lisent silencieusement le contrat de vente. L'un d'eux appose sa signature sur les pages l'une après l'autre, puis les passe sans mot dire à son voisin. Monsieur Paquet les regarde faire, sans aucune réaction. Son visage est pâle. Il a l'air d'un chien battu. Seul le grattement des plumes sur le papier vient briser le silence de la pièce.

Soudain, la porte de l'auberge claque. Un véritable tintamarre de pieds qui courent emplit le couloir. Les trois hommes ont à peine le temps de lever la tête. La grande porte de la salle à manger s'ouvre avec fracas et le capitaine court entre les tables. Même les enfants ont peine à le suivre. Il fait une entrée remarquée dans le bureau!

Monsieur Paquet a bondi sur ses pieds en voyant entrer son frère. Il est nerveux, sa voix tremble:

– Tu n'as pas d'affaire ici, Thomas, dit-il, glacial.

Le capitaine a eu à peu près le temps de retrouver son calme, mais il n'en est que plus déterminé. Il se campe devant son frère:

– Heureusement que la grenouille m'a prévenu!

Grand-papa Hector évite de regarder le capitaine. Il répond sèchement:

– Il est trop tard. Les papiers sont signés.

Le capitaine n'a même pas l'air d'avoir entendu. Il continue de parler à son frère comme si les deux hommes d'affaires étaient des fantômes. Ils sont d'ailleurs estomaqués par l'arrivée intempestive de ce drôle de marin. Le capitaine continue:

– Tu as l'air d'oublier, mon petit frère, que tu as besoin de mon consentement pour vendre l'auberge...

Monsieur Paquet l'interrompt, de plus en plus nerveux:

– Ah ça, Thomas, c'est écrit nulle part!

Daphnée observe anxieusement les deux hommes. Ils se lancent les phrases comme s'ils s'échangeaient des coups de poignard. Thomas poursuit:

– C'est peut-être pas écrit, Hector, mais c'est une promesse qu'on a faite tous les deux à notre père sur son lit de mort.

Grand-papa Thomas a marqué un coup. Hector semble ébranlé. Pas une seule fois il n'a osé lever les yeux sur Daphnée, qui se tient silencieusement à quelques pas derrière le capitaine.

156

Alexandre et Capelan, eux, se sont subrepticement approchés de la table où gisent les papiers avec la signature fraîche de l'acheteur.

Justement, il vient de se lever. Il réprime à peine son impatience devant l'intrusion du capitaine. Il s'adresse à lui d'une voix polie mais ferme:

– Monsieur, votre intervention n'est pas seulement déplacée, elle est inutile. Le contrat de vente a été examiné à la loupe par mon avocat, que voici, dit-il en désignant l'homme qui l'accompagne. Je puis vous assurer que tout est parfaitement en règle. Il ne manque que la signature de votre frère...

Personne n'a remarqué que Capelan a sorti de sa poche une petite grenouille en caoutchouc. Il la lève lentement devant lui à la hauteur de la table. Il lui pèse sur le ventre. Doucement, sans bruit, un mince filet d'eau jaillit de la gueule de la grenouille et vient inonder les papiers fraîchement signés. La belle signature toute neuve se transforme aussitôt en un affreux gribouillage. Seul Alexandre a vu le manège. Il sourit à son ami, plein de reconnaissance.

Pendant ce temps, le capitaine a écouté l'homme d'affaires sans broncher. Lorsqu'il apprend que son frère n'a pas encore signé les papiers, il se tourne vers lui et le dévisage un moment. Monsieur Paquet a repris un peu d'assurance. Il proteste:

– Tu ne t'es jamais occupé de l'auberge, Thomas. C'est pas maintenant que tu vas me faire la morale...

Son frère l'interrompt:

– Et c'est tout simplement parce que je savais que tu étais plus capable que moi de le faire...

– Justement, s'exclame Hector, maintenant, je ne suis plus capable. Je laisse tomber!

Daphnée trouve que la conversation s'éternise. Elle n'en peut plus. Elle s'éloigne vers la porte de la salle à manger et fait signe à Alexandre de la suivre. Il la rejoint.

– Ça va mal, dit Daphnée. Il faut aller chercher du renfort. Va avertir maman, moi je m'occupe de Julie et Marcel.

Capelan, qui a suivi Alexandre, annonce:

– Ils sont partis en mer dans ton zodiac.

– Qui ça? demande Daphnée, inter-loquée.

– Ben, le gars avec sa blonde. Ils voulaient voir la baleine...

Le visage de Daphnée est devenu livide. Elle entend vaguement le capi-taine qui répond à son frère, en la désignant de la tête:

– Tu te rends pas compte que tu vas tout gâcher, Hector? Tu sais bien que si tu vends, cette petite-là ne s'en remettra jamais...

Monsieur Paquet n'a pas le temps de répondre... Daphnée s'est élancée vers le capitaine et le tire par la manche. Elle crie:

– Vite, grand-papa Thomas, il faut partir tout de suite.

Les hommes la regardent sans com-prendre. Les larmes aux yeux, elle se tourne vers monsieur Paquet. Elle demande, suppliante:

– Grand-papa Hector, peux-tu attendre une demi-heure? Juste une petite demi-heure?

Déjà elle entraîne le capitaine à sa suite. Elle explique en sautant dans le camion:

– Vite, Marcel et Julie sont en mer

avec mon zodiac. Il restait presque plus d'essence!

Le capitaine met le moteur en marche et démarre juste au moment où Anne et le père de Daphnée arrivent à pied à l'auberge. Encore une fois, Charles voit son camion qui lui file sous le nez. Lui qui venait à peine de se calmer, le voilà furieux à nouveau. Il crie:

– Mais Daphnée, vas-tu m'expliquer!...

Daphnée crie par la portière:

– Ça sera pas long, papa. Il y a une autre urgence!

Fulminant toujours, Charles se dirige vers l'auberge avec Anne. Il rencontre les deux garçons qui en sortaient. Fatigué d'avoir marché depuis la plage sous le soleil de plomb, irrité de cette course folle qui n'a pas l'air de vouloir s'arrêter, Charles apostrophe son fils:

– Alexandre, es-tu capable de m'expliquer ce qui se passe? C'est quoi toutes ces folies-là?

Le premier instinct d'Alexandre est de protéger sa sœur. Il répond timidement en regardant ailleurs:

– Aucune idée.

Capelan n'a rien compris encore une fois. Il claironne sans reprendre son souffle:

– C'est Daphnée qui est partie chercher le gars qui est parti en mer avec sa blonde dans le zodiac de Daphnée qui a plus d'essence et...

Alexandre vient de lui décocher un vigoureux coup de coude dans les côtes. Capelan grimace. De toute façon, il n'avait plus de souffle.

Atterré, Charles absorbe l'information. Il n'en revient pas! Il reprend la route vers la plage, abasourdi et résigné...

* * *

Le camion vient de s'arrêter à proximité du quai. Sans attendre le capitaine, Daphnée court de toutes ses jambes sur la plage. Avant même que grand-papa Thomas ait pu descendre du camion, elle a poussé la chaloupe d'Alexandre à l'eau et démarré le moteur. Le capitaine n'en croit pas ses yeux. Il crie de toute la force de ses poumons:

– Attends-moi, Daphnée!

Elle n'a même pas entendu, tant son inquiétude est grande. Elle s'éloigne vers le large. Le capitaine est sidéré. Contre tout espoir, il crie encore:

– Reviens ici, Daphnée!

Rien à faire...

* * *

Au loin, perdus entre ciel et mer, Marcel et Julie rament toujours. Ils sont exténués, inquiets. Marcel regarde sa femme.

– Arrête, Julie, repose-toi un peu...

Julie n'en peut plus. La sueur colle ses cheveux sur son front malgré le vent frisquet. Elle regarde autour d'elle, de plus en plus angoissée. Ni signe de bateaux ni signe de rivage, nulle part. Elle murmure:

– On n'y arrivera jamais!

Marcel n'est pas du tout rassuré non plus, mais il tente de cacher son inquiétude à Julie. Il lui adresse un petit sourire forcé:

– Qu'est-ce que tu racontes! Dans une demi-heure, on va être à l'auberge en train de souper. Et puis, on va faire rire de nous par tout le monde!

Marcel se remet à ramer avec la force du désespoir. Pire encore, il se met à chanter, pour ne pas dire hurler ses fausses notes.

Julie le regarde du coin de l'œil, ne sachant pas si elle doit rire ou pleurer.

* * *

Quelque part ailleurs sur la mer, la chaloupe conduite par Daphnée bondit sur les vagues. La fillette regarde autour d'elle, puis elle ralentit progressivement et éteint le moteur. Elle ferme les yeux, elle écoute, concentrée, pendant un bon moment. Seul le bruit des vagues qui frappent sa chaloupe. Elle regarde de nouveau à droite, à gauche, puis repart doucement sur la mer, en direction de l'île Nue. Soudainement, elle s'arrête de nouveau. Elle écoute encore, attentive au moindre bruissement d'air. Un éclair vient de traverser son regard. Son visage entier s'illumine. Elle sourit en redémarrant son moteur:

– Même Bémol pourrait pas lui apprendre à chanter.

Elle change de cap et file à plein registre.

Julie a repris son aviron et s'est remise à ramer avec Marcel qui n'a pas manqué une fausse note. Il hurle toujours à pleins poumons, ponctue sa chanson de quelques «Au secours» ici et là. Tout à coup, Julie s'est tournée vers lui. Elle lui fait signe de se taire. Presque en même temps qu'elle, il a entendu le ronronnement d'un moteur. Marcel et Julie se regardent. Un bateau sur la mer! Se pourrait-il qu'ils soient sauvés? Ils se mettent à hurler comme des fous en scrutant l'horizon de tous les côtés.

Ils aperçoivent bientôt la chaloupe de Daphnée qui vient vers eux. Ils ont, bien sûr, reconnu la petite tête rousse de la grenouille. Marcel laisse échapper un immense soupir de soulagement et un «Ouf!» sonore.

Daphnée a éteint le moteur et vient coller sa chaloupe le long du petit zodiac rouge. Elle regarde Marcel et demande sur un ton très sérieux:

– Pourrais-tu me rendre un grand service?

Marcel est étonné. Il a plutôt l'impression que c'est elle qui est en train de lui rendre un fameux service. Mais il est prêt à tout. Enthousiaste, il s'exclame:

– Bien sûr, Daphnée, tout ce que tu veux.

Le visage de Daphnée s'éclaire. Elle éclate de rire:

– Arrête de chanter!

Julie s'esclaffe en voyant la surprise et l'air penaud de Marcel. Pauvre Marcel!

La fillette fait monter ses amis à bord de la chaloupe puis, à l'aide d'un cordage, elle attache solidement le zodiac derrière la chaloupe. Elle démarre le moteur.

– Vite, il faut rentrer, grand-papa Thomas m'attend. C'est urgent... Il se passe des choses.

Installé au centre de la chaloupe avec Julie, Marcel jette un coup d'œil à Daphnée. Il a senti le filet d'angoisse dans sa voix.

– On est loin? demande-t-il.

– Cinq ou six kilomètres. Vous avez dérivé, crie Daphnée.

La chaloupe file sur les vagues. La fillette remarque que son zodiac fait des bonds capricieux derrière. Le cordage est court et l'embarcation trop légère.

Elle ralentit, puis met le moteur au neutre. D'un geste habile, elle tire le cordage et saute dans le zodiac.

– Conduis! dit-elle à Marcel.

Il s'installe aussitôt au moteur.

– Je vais tout droit? demande-t-il.

Daphnée fait signe que oui et ajoute:

– Mais pas trop vite.

Marcel a appris la prudence! Il met le moteur en petite vitesse. Vraiment, sa prudence va trop loin, Daphnée s'impatiente. Elle lui fait signe d'accélérer. Il augmente un peu sa vitesse.

Transie de froid et d'émotions, Julie s'est emmitouflée dans son chandail et s'est assise dans le fond de la chaloupe pour se protéger du vent.

Marcel la voit frissonner. Il s'inquiète. Au même moment, il lève la tête et aperçoit le quai du village un peu plus à droite. Nerveusement, il accélère et rectifie sa direction. Mais son geste a été trop brusque. Le petit zodiac rouge frappe une vague de côté et Daphnée est projetée vers l'arrière. Sa tête heurte le moteur. Elle culbute et tombe à l'eau.

Les yeux rivés sur le quai, Marcel ne s'est rendu compte de rien, ni Julie, recroquevillée sur elle-même dans le fond de la chaloupe.

Pendant ce temps, Charles, Anne et les deux garçons viennent de rejoindre le capitaine sur le quai! Le capitaine est hors de lui!

– Elle est partie seule, sans m'attendre, dit-il à Charles.

– Pourquoi? demande Charles, encore à bout de souffle et pas encore remis de sa colère.

Mais personne n'a le temps de répondre. Alexandre pointe le doigt en criant:

– Le voilà!

En effet, la chaloupe vient de pénétrer dans la baie. Marcel n'a pas vu qu'il remorque un zodiac vide. Il est tellement soulagé d'être enfin arrivé à bon port. Il fait de grands gestes de la main, puis se tourne vers Daphnée. Horreur! Il voit le zodiac vide. Il se fige net. Il hurle:

– Daphnée!

Du quai, le père a entendu le cri de Marcel. Il comprend immédiatement.

Marcel est complètement affolé. Il se lève dans la chaloupe et tente de manœuvrer pour faire demi-tour. Sur le quai, c'est la panique.

Charles hurle:

– Non, reviens!

Marcel est tellement énervé qu'il n'entend rien. Alexandre est livide. Il crie à fendre l'âme:

– Marcel, reviens!

Enfin Marcel a compris. Il met plein gaz et fonce vers la plage. Julie est en larmes. Marcel accoste sur la plage en quatrième vitesse. Le moteur rugit, puis s'étouffe. Charles arrive en courant.

Marcel est complètement hystérique. Il bredouille:

– Elle est tombée... j'ai rien vu...

C'est pas le moment des explications.

– Descendez! Vite! dit le père d'une voix sèche.

Julie saute sur la plage. Déjà Charles a décroché le cordage qui retient le zodiac. Alexandre aide son père à tirer le zodiac sur le sable, puis ils repoussent la chaloupe à l'eau. Marcel n'a pas bougé.

– Je viens avec vous, dit Marcel d'une voix blanche.

Pas le moment d'argumenter. Charles démarre le moteur. Il fonce vers la mer.

Sur le quai, Julie pleure toujours.

Les autres sont paralysés, muets, le cœur en chamade.

Soudain, Alexandre bondit. Il part à la course en criant:

– Anne! Vite!

Elle a compris aussitôt. Suivie de Capelan, elle s'élance à la poursuite d'Alexandre...

*   *   *

Charles conduit la chaloupe. Debout à l'avant de l'embarcation, Marcel inspecte fiévreusement les alentours, tentant désespérément de repérer la route qu'il a suivie.

*   *   *

À demi inconsciente, Daphnée se débat péniblement dans la mer, comme si elle faisait un mauvais rêve. Elle remonte lentement vers la surface. Elle réussit même à prendre une ou deux pénibles respirations puis, lentement, elle coule à nouveau.

*   *   *

Essoufflé, Alexandre arrive dans l'anse. Il court sur le quai en criant:

– Elvar!... Elvar!

Il tape l'eau fébrilement.

Le dauphin apparaît presque aussitôt, beaucoup plus calme que d'habitude. Il sort la tête de l'eau et regarde Alexandre.

– Cherche Daphnée, Elvar!... Je t'en supplie, cherche Daphnée, crie nerveusement Alexandre.

– Daphnée est dans la mer, Elvar, dit Anne. Cherche dans la mer.

Capelan s'est agenouillé près d'Alexandre. Il regarde anxieusement le dauphin qui ne bouge pas.

– Vas-y, Elvar! Pour une fois, une seule fois!

Le dauphin continue de les regarder, immobile.

Alexandre est en larmes.

– Cherche Daphnée, Elvar! répète Alexandre, désespéré.

Le dauphin tressaille. Il semble avoir compris. Il hésite, puis se met à tourner en rond devant le quai.

– Dans la mer, crie Anne en pointant vers le large. Cherche Daphnée dans la mer!

Soudain, Elvar semble avoir reçu le message. Il tourne brusquement et fonce vers la mer.

*   *   *

Dans la chaloupe, Charles a diminué la vitesse, il scrute l'eau profonde qui l'entoure. Son angoisse monte à mesure que les minutes passent.

– Tu étais quelque part ici? demande-t-il à Marcel d'un ton brusque.

Mais Marcel est complètement perdu. Il se contente de hurler désespérément:

– Daphnée! Daphnée!

Soudain, à une trentaine de mètres de la chaloupe, une ombre grise perce les vagues. Marcel l'aperçoit. Il tend la main vers la forme mouvante:

– C'est Elvar! Charles, Elvar est là!

Charles l'aperçoit en même temps. Il s'élance à la poursuite du dauphin qui continue sa course pendant un moment, puis plonge sous l'eau. Charles s'arrête à l'endroit où Elvar a plongé.

Elvar a plongé, en effet, directement vers Daphnée. Pour la seconde fois, la fillette tente de remonter à la surface, mais encore trop étourdie, elle n'arrive pas à trouver la force nécessaire pour se propulser vers le haut. Penché sur le bord de la chaloupe, Marcel guette anxieusement, pendant que Charles s'apprête à plonger. Mais soudain, un remous. La chevelure rousse de Daphnée apparaît au-dessus des vagues. Le dauphin supporte l'enfant et la mène tout droit à l'embarcation.

Les deux hommes saisissent Daphnée et la tirent à l'intérieur de la chaloupe. Charles dépose doucement sa fille au fond de la barque et commence aussitôt à lui donner la respiration bouche à bouche.

Elvar s'est mis à tourner lentement autour de la chaloupe. De grosses larmes coulent sur les joues de Marcel. Il guette anxieusement les réactions de Daphnée. Quelques secondes à peine, puis Daphnée se met à tousser. Charles lève la tête et regarde Marcel. Un immense sourire éclaire son visage. Le pauvre Marcel est tellement angoissé qu'il n'arrive pas à reprendre contact avec la réalité. Il reste muet, bouche bée, jusqu'à ce qu'il aperçoive Elvar qui a sorti la tête de l'eau près de la chaloupe et tente de regarder à

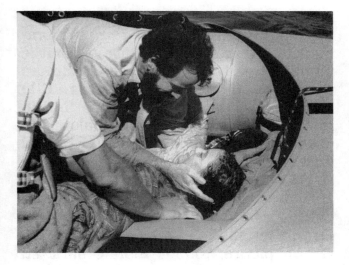

l'intérieur. Il entend Charles qui dit
doucement:

– Elle va bien, Elvar!

Ça y est! Marcel a compris. Il bat des
mains, tend les bras vers Elvar.

– Merci, Elvar, merci!

Marcel plaque un baiser sonore sur
le nez mouillé d'Elvar. Un petit rire clair
monte du fond de la barque. Aussitôt, le
dauphin a fait un bond. Il s'éloigne de
quelques mètres, prend son élan et d'un
bond gracieux, il saute par-dessus la
chaloupe.

Seul Marcel est éclaboussé!

Charles a pris sa fille dans ses bras

173

pendant que Marcel s'est installé au moteur. Suivi d'Elvar, il rentre triomphalement au quai du village où tout le monde attend avec angoisse. Alexandre avait couru prévenir sa mère. Elle attend, elle aussi, le visage défait. C'est le capitaine qui aperçoit la chaloupe le premier. Puis Alexandre voit Elvar. Il crie:

– Daphnée est là! Elvar l'a trouvée!

Tout le monde se précipite vers la chaloupe qui accoste. Charles remet Daphnée dans les bras de sa mère. On rit, on pleure, tout le monde parle en même temps. Personne n'a vu monsieur Paquet qui vient de descendre de sa voiture. Il s'approche de Lorraine qui tient toujours Daphnée dans ses bras. Rassuré, il demande en caressant les cheveux de Daphnée:

– Ça va, ma grenouille?

Daphnée sourit.

Le capitaine s'approche de son frère et, la voix légèrement angoissée, il demande:

– Lui as-tu donné sa demi-heure?

Monsieur Paquet est aussitôt sur la défensive. Il répond un peu brusquement:

174

– Je n'ai pas encore signé le contrat, si c'est ça que tu veux savoir...

Soupir de soulagement du capitaine. Il sourit:

– Parfait! Parce que j'ai une proposition à te faire.

Daphnée regarde le capitaine. Elle comprend que son vieux nomade vient de trouver une solution. Les deux hommes s'éloignent dans le plus profond mystère.

Épilogue

Le lendemain, tandis que le jour commence juste à poindre, Daphnée est descendue, seule, parmi les rochers. Debout face à la mer, elle assiste au lever du soleil. Son visage est calme, doux, rassuré. Elle n'est même plus pressée de savoir ce que ses deux «grands-papas» ont concocté. Elle remonte lentement vers l'auberge et s'arrête, stupéfaite. La porte vient de s'ouvrir et grand-papa Hector sort sur la terrasse. Il porte une casquette de capitaine! Il se retourne et tend la main vers une silhouette dans l'encadrement de la porte. Grand-papa Thomas sort à son tour. Il porte un veston de ville! Les deux frères se donnent la main et échangent un regard de complicité.

Daphnée n'a pas mis une seconde à comprendre. Grand-papa Thomas a pris l'auberge! Et grand-papa Hector, lui, a décidé de s'embarquer sur le vieux rafiot et de voir un peu s'il a le pied marin!... Elle s'élance en courant dans l'allée du jardin, dévale la pente vers la petite anse et s'amène en criant sur le quai:

– Elvar! Elvar! On a gagné!

Elvar est là pour l'accueillir. La fillette plonge à l'eau et s'accroche à l'aileron du dauphin. Ils partent tous les deux dans une ronde folle... Du haut de la colline, Marcel et Julie regardent la grenouille d'un air attendri...